2023 현대시를 대표하는

名人 名詩 특선시인선

(사)창작문학예술인협의회 / 대한문인협회

제 목 : 떠오르는
　　　태양을 맞이하며
시 인 : 강사랑
시낭송 : 김락호

제 목 : 우리 엄마
시 인 : 강순옥
시낭송 : 박영애

제 목 : 내 고향
시 인 : 기영석
시낭송 : 최명자

제 목 : 잊을 수 없는 날
시 인 : 김국현
시낭송 : 박남숙

제 목 : 이별의 진혼곡
시 인 : 김락호
시낭송 : 김락호

제 목 : 여명(黎明)
시 인 : 김선목
시낭송 : 박영애

제 목 : 뒤늦은 고백
시 인 : 김수용
시낭송 : 최명자

제 목 : 여름밤의 폭우
시 인 : 김윤수
시낭송 : 조한직

제 목 : 별이 좋아 걸었다
시 인 : 김정섭
시낭송 : 박남숙

제 목 : 겨울나무
시 인 : 김정윤
시낭송 : 박영애

제 목 : 이별 아닌 이별
시 인 : 김혜정
시낭송 : 최명자

제 목 : 인연의 꽃
시 인 : 김희선
시낭송 : 김락호

제 목 : 새로운 시작을
　　　해처럼
시 인 : 김희영
시낭송 : 박영애

제 목 : 2월을 보내며
시 인 : 박기만
시낭송 : 박남숙

제 목 : 사랑하는 음악
　　　회원 여러분
시 인 : 박기숙
시낭송 : 최명자

제 목 : 모닝커피 한 잔
시 인 : 박영애
시낭송 : 박영애

제 목 : 누군가 너무
　　　그리워질 때
시 인 : 백승운
시낭송 : 조한직

제 목 : 사계절
시 인 : 사방천
시낭송 : 장화순

제 목 : 가을날 중년
시 인 : 서석노
시낭송 : 최명자

제 목 : 한때기 밭 소동
시 인 : 서준석
시낭송 : 김락호

제 목 : 사랑하는
　　　아들에게
시 인 : 성경자
시낭송 : 최명자

제 목 : 내 마음에
　　　피어난 장미처럼
시 인 : 손해진
시낭송 : 조한직

제 목 : 걸어라
시 인 : 송근주
시낭송 : 최명자

제 목 : 멋진 맛을 내는 삶
시 인 : 송용기
시낭송 : 박영애

제 목 : 그리움
시 인 : 송태봉
시낭송 : 최명자

제 목 : 내가 선택한 사랑
시 인 : 송향수
시낭송 : 김락호

제 목 : 미완성 수채화
시 인 : 염규식
시낭송 : 박영애

제 목 : 한여름의 수채화
시 인 : 은별
시낭송 : 최명자

제 목 : 하얀 그리움
시 인 : 이동백
시낭송 : 박영애

제 목 : 장 보러 가는 길
시 인 : 이문희
시낭송 : 장화순

제 목 : 고속도로
       위의 여정
시 인 : 이의자
시낭송 : 조한직

제 목 : 해는 지고
시 인 : 이정원
시낭송 : 최명자

제 목 : 나들이
시 인 : 이종숙
시낭송 : 김락호

제 목 : 바람 따라
       구름 따라
시 인 : 임석순
시낭송 : 박영애

제 목 : 멈추지 않으면
시 인 : 장화순
시낭송 : 장화순

제 목 : 만추의 사랑
시 인 : 전경자
시낭송 : 박영애

제 목 : 가을 비창(悲愴)
시 인 : 전남혁
시낭송 : 박남숙

제 목 : 나약해진 어머님
시 인 : 전병일
시낭송 : 최명자

제 목 : 한때는 그랬지
시 인 : 정상화
시낭송 : 박영애

제 목 : 연필로 그린 오른손
시 인 : 정찬열
시낭송 : 최명자

제 목 : 가슴에 이는 바람
시 인 : 조한직
시낭송 : 조한직

제 목 : 통도사에
       홍매화가 피거든
시 인 : 주영규
시낭송 : 박영애

제 목 : 연분홍 사랑
시 인 : 최명자
시낭송 : 최명자

제 목 : 제목을 잃은 시
시 인 : 최윤서
시낭송 : 박남숙

제 목 : 겨울 국화
시 인 : 하은혜
시낭송 : 박영애

제 목 : 인연
시 인 : 한명화
시낭송 : 김락호

제 목 : 당신을 곁에
       두고도
시 인 : 홍진숙
시낭송 : 최명자

제 목 : 아내의 얼굴
시 인 : 황영칠
시낭송 : 박영애

2022 명인명시
특선시인선
시낭송 모음1

2022 명인명시
특선시인선
시낭송 모음2

시낭송 QR 코드는
스마트폰 QR 코드 리더기를 이용하여
시낭송을 감상할 수 있습니다

2023 "명인명시 특선시인선"을 엮으며

시인이, 아니 작가가 자신의 혼을 담아 작품을 만들 때는 자신이 표현할 수 있는 범위 내에서 자신만의 색깔로 자기 작품을 써야 하는 것이 기본 중의 기본이다. 그러나 그렇게 한 작품을 만들었다고 해서 자기 일이 끝나는 것은 아니다. 그만큼의 자기 발전을 위해 노력하고 그 작품을 공감해주는 독자에게 선보일 때만이 비로소 그 작품은 독자를 만나 혹평과 호평도 받을 기회가 주어지며 창작자는 이름을 얻게 되는 것이다.

문학 작품을 감상하는 데는 여러 가지의 방법이 있겠지만, 그 작품을 대하는 본인의 지식과 마음가짐일 것이다. 자기 기준에 안 맞는다고 나쁜 작품이고 자신의 사고(思考)와 맞는다고 이해할 수 있다고 해서 다 좋은 작품은 아니라는 점이다. 시인은 시인만의 사고(思考)와 직관적이거나 상상력을 동원해 시적 표현해놓은 작품을 함부로 평가해서는 안 될 일이다.

2004년부터 매년 한해도 빠짐없이 발행해온 "명인명시 특선시인선"은 대한문인협회에서 활발한 활동을 하는 시인을 위주로 선정하고 있다. 처음부터 시를 잘 쓰는 사람도 없고 처음부터 못 쓰는 시인도 없다. 시인이 공을 들여 집필한 작품이 한 명의 독자를 만나 세상에 알려질 기회를 마련해주고 또 활동할 수 있는 동기를 유발하는 데 목적을 두고 시사랑음악사랑 (시음사) 출판사에서 시작한 특별 기획 시집이다.

세계적으로는 르네상스 시대를 우리나라에서는 일제 강점기를 걸쳐 현시대의 다원 문화 시대로 본다. 우리는 거기에 알맞은 활동을 할 때만이 진정한 시인이 되고 문학인이 될 것이다. 가장 기본적인 것을 지키는 문학인은 각자의 역량에 있을 것이다. 요즘처럼 인터넷이라는 매체가 우리 생활을 이끌어 가는 세상에서는 거기에 맞는 활동도 필요하고 또는 세상의 독자들과 만남도 필요하다. 하지만 여기서도 가장 중요한 것은 문학인으로서 예술인이라는 호칭이 부끄럽지 않은 기본을 지키는 문학인이 되었으면 하고 바란다.

자기 자신만이 최고이며 남의 작품이나 헐뜯고, 정상적이지 못한 수상 경력이나 알지도 못하는 이런저런 단체를 나열로 화려한 프로필을 가득 채우는 사람보다는 꾸준히 실력을 쌓아가면서 한 명의 독자를 만들기 위해 힘쓰는 자만이 진정한 문인이고 예술인이라 불릴 수 있는 자격이 주어질 것이다. 이 또한 사람마다 성격이 다르고 추구하는 바가 다르니, 딱히 옳고 그름을 판단할 일은 아니지만, 이런 모든 것은 독자가 판단할 일이다.

이번 2023년이 기대되는 시인 48인을 선정하면서 작품성도 중요하지만, 앞으로 활동할 능력을 많이 고려했다. 詩는 어떤 작품이 좋은 詩다, 라고 정의할 수가 없다. 시인이 상황을 묘사한 작품을 독자가 공감해야만 좋은 시이기 때문이다. 〈2023 명인 명시 특선시인선〉에 전년에도 이어서 선정된 시인과 새로이 선정된 시인은 앞으로 더욱 활발한 활동으로 시문학을 아끼는 독자에게 다가가는 계기가 되기를 바란다.

대한문인협회 회장 김락호

* 목차 *

* 목차 *

시인 강사랑

프로필

(사)창작문학예술인협의회 회원
한 줄 '詩' 짓기 전국 공모전 대상
2018년 향토문학 글짓기 경연대회 대상
대한문인협회 경기지회 동인문집 "햇살 드는 창"
48인 명인명시 특선시인선 선정

〈저서〉
제1시집 "겨울등대" (2016년)
제2시집 "꽃이 오는 길에 봄이 핀다." (2019년)

시작노트

하루는 행복을 꿈꾸고
꿈꾸는 하루는 내일입니다.

당신이 나의 숨입니다
고맙습니다. 코로나-19 극복하며
또다시 새로운 얼굴 보여주는 태양이여!

목차

시낭송 QR 코드

제 목 : 떠오르는 태양을
맞이하며(임인년)
시낭송 : 김락호

제2시집 〈꽃이 오는 길에 봄이 핀다〉

떠오르는 태양을 맞이하며(임인년) / 강사랑

인연이라는 만남으로 시작된
당신과 나의 사소한 삶이
참으로 귀한 보물이 되고 말았습니다

세상에 하찮은 인연 없고
가치 없는 물건 없듯
내가 당신을 그리워하는 시간 또한
헛되지 않았습니다

모래알 같은 그리움의 추억이 쌓여
따뜻한 가슴을 가진 당신의 숨소리를 들을 수 있으니까요

당신은 고운 비단옷 갈아입고
사랑 고백을 합니다
그대의 사랑 고백을 용기 있게 받겠습니다
내 품에 당신이 있다는 건 참 아름다운 삶이겠지요?

하루는 행복을 꿈꾸고
꿈꾸는 하루는 내일입니다

당신이 나의 숨입니다
고맙습니다. 코로나19를 극복하며
다시 새로운 얼굴 보여주는 태양이여!

임인년(2022) 검은 호랑이의 기세로
좀 더 당당하게
좀 더 자유롭게......
"숨"처럼 귀하게 당신을 맞이하겠습니다

코로나19에 갇혀서 / 강사랑

세상은 침묵의 어두움에 갇혀서
숨 또한 소리 내지 않고
안부를 묻는다

지난 겨울바람이 싣고 온
바이러스가 겨울과 봄 사이 칸을 친다

봄아 너에게 가지 못한 마음
더욱 애처롭다

나는 열쇠도 없는 곳에 갇혀서
너와의 입맞춤을 그리워하고
깊은 계곡 자갈에 부딪혀 흐르는
하얀 얼음 소리를 그리워한다

어제의 사소하고 하찮은 것이
오늘은 눈물겹도록 가슴에 아린다

허공을 떠돌던 그리움들이
지워지지 않고 꽃으로 피어나
향기로 피어나길 소망한다

신축년 안녕! / 강사랑

세상이 시끄럽다
하늘 문이 닫힐 것 같은 침묵이다
마스크로 입을 닫고 숨을 죽이며
아쉬움 없이 경자년(2020)이 간다

발도 없이 날개도 없고 소리도 없는
코로나19가 경자년을 옭아매었지만
이제 정신을 차리고 2021 신축년을 맞이하자
호흡하는 기운에는 분명
봄빛이 숨 쉬고 있으려니
기대되는 하루는 새 나라의 어린이
동심으로 깨끗해지는 새해
너도, 나도 모두 우리 되어 심장에 등불을 켜자

아침에 설탕을 듬뿍 넣어 마신 커피 향으로
멈춰진 시간에 태엽을 감고
입술을 닫고 조용한 아기 숨으로
마스크를 한 하루가
큰 숨 내뱉으며 달빛에 사위어간다

내일은 분명 해가 뜬다
희망이 뜬다
내 사랑이 뜬다

봄꽃처럼 예쁜 너 / 강사랑

황사가 거치고
모처럼 마알간 햇살에
방긋하며 봄꽃이 인사한다

너도 봄꽃이 되어
노오란 개나리 옷을 입고
나에게 미소 보낸다

반짝이는 벚꽃잎들이 만들어준
터널을 지나면
봄바람과 함께 그리움이 눈 시도록
흩날려 내 코끝에 머문다

봄꽃처럼 예쁜 너와 함께
이야기 줄을 탄다

아가야 봄 소풍 가자 / 강사랑

투명한 봄 햇살에 너무도 가슴 아려
눈물 나오려 할 때
너는 호수 되어
그 눈물 다 받아준다

아가야!
우리 봄 소풍 가자

진달래 개나리도
어서 오라 손짓하며 활짝 웃는다

봄이 오고 가고
꽃은 피고 지고
우리 아가 잘도 걷는다

벚꽃잎 흰 눈 날리듯 너의 웃음 날아와
가슴에 새겨 놓고
봄이 간다

첫눈에 반한 사랑(카메라) / 강사랑

줌으로 널 끌어당긴다
한 눈으로 널 바라봤을 때
내 가슴에 널 찍었다

너는 꽃이요
너는 하늘이요
너는 나무이며
너의 아름다움을 내 눈에 다 넣어
심장 깊숙이 숨겨 놓고
어쩌다 생각이 나면
그때 또 한 번 꺼내 본다

셔터를 누르며 빛을 너에게 보내면
화들짝 놀란 나는 그 순간
아름다운 시간을 멈추게 할 수 있다

뷰파인더로 보는 세상에는
또 다른 나를 담을 수 있는 소우주가 있다

석류 / 강사랑

파란 하늘 눈부신 9월에
가만히 서 있는 것만으로도
너무 행복해서 터져버린 웃음
선홍빛 잇몸과 하얀 덧니가
부끄러워도 어쩔 수가 없습니다

천진스레 웃는 모습에
입맞춤하는 날은
내 두 눈은 더욱 맑게 빛나며
아름다운 여신 향기에
미치도록 빠져듭니다

알알이 박힌 핏빛 열정은
한여름 이글거리는 태양을 닮았으며
내 가슴에 투명하게 남겨진
붉은 그리움입니다

찬란히 익어가는 가을날에
한 번뿐인 사랑이 아름답습니다

홀로서기(등대) / 강사랑

사랑이 내려앉은 겨울 밤바다는
고요하고 깨끗하여 텅 빈 내 마음의
잔잔한 숨으로 호흡하여라

살천스런 폭풍이 몰아쳐도
절대로 나는 스러지지 않을 것이며
슬프다고 울지도 않을 것이다
홀로 선다는 것이 누구나 가야 하는 길 아니련가!

내가 지켜야 하는
두 대박이의 등불이 되어야 하기에
오늘도 소리 없이 심장을 두드리며
작은 소망 하나로 율기(律己)＊하는 나는
심살내리는 나의 찬란한 고독으로
바다 위의 모든 생명을 살포시 안아
외롭지만 진정 외롭지 않은 겨울 등대가 되리라

당당하게 외쳐보자
파도여 거친 파도여 내게로 오라
내게로 오는 것은 그 무엇이든
다 산산이 부서져 빛이 되어라

＊ 율기 : 자기 자신을 다스림

오이도 연가 / 강사랑

서해 바다를 품에 안고
참가리비 구워 먹던 추억은
오이도 연가더라

너와 나 뚝길 걸으면
저 멀리 수평선에는
젊은 태양이 홍시 되고
우리는 부른다
오이도 연가를 부른다

어둠은 바다를 휘감고
밤 별들은 내려와
빨간 등대에 불 밝히면
불어오는 하늬바람에
나의 입술의 너의 가슴을 붙잡고 노래한다

바다는 시간을 가득 채워서
진주알 같은 사랑으로 반짝이면
너와 나 우리는 노래를 부른다
사랑이 완성된 오이도 연가를 부른다

나무의 꿈 / 강사랑

바람이 오고 햇살이 다녀간 사이
나무 물관에는 벌써 봄이 자리한다.

뼛속까지 시렸던 어제를 잊고
겨울나무는 봄에게 집중할 때
열정은 하늘을 열고
잃었던 청춘은 엷게 나이테를 그린다

꽃이 피는 것은
봄이 주는 선물이다.

봄은 마른 나뭇가지마다
반짝이는 별을 선물하고
잎이 없는 뿌리에게
귓속말로 사랑을 속삭인다.

나무의 꿈은 봄이다
산이 되어보리란 마음으로
먼 길 찾아온 계절을 품는다.

너는 나무다
꿈이 있는 나무이기에 봄이 희망이다

시인 강순옥

프로필

대한문학세계 시 부문 등단 (2017년)
(사)창작문학예술인협의회 회원
대한문인협회 서울지회 회원
2018 명인명시 특선시인선 선정
2020 유화로 보는 명인명시선 참여
2020 동인지 "들꽃처럼 4집" 참여
2021 현대시와 인물 사전, 명인명시 특선시인선 참여
2022년 시 자연에서 걸리다. 특별초대 시인 시화전시 참여

시작노트

바쁘게 사는 현대인에게 잠시 쉬어가는 나
만의 공간이 없다
시의 세계는 사색 길에서 만난 반가운 나무
의자와 같다고 생각한다
창작 시 명인명시 한 편 시를 읽는다는 것을
자연과 벗 삼아 추억 여행을 떠나고 그 언어
의 날개를 달아 우리 삶 속에 지친 영혼 달래
는 휴식처와 같은 공간이다
필자는 자연을 벗삼아 시를 쓴다
기암절벽에 뿌리 내린 소나무처럼 나 혼자
가 아님을 둘은 하나 되어 세상을 내다보는
진리와 순리를 닮게 하고 자연에서 왔다 자
연으로 돌아가는 길 봄부터 심장 뛰는 소리
듣게 한다.

목차

시낭송 QR 코드

제 목 : 우리 엄마
시낭송 : 박영애

공저 《2021 현대시와 인물 사전》

보리암 / 강순옥

옛 선비 발자취 따라
금산 보리 암자에 들어서니
산과 바다가 하나 되어 있다

푸른 산은 바다로
바다는 산머리 위 올라
은물결 구름처럼 일렁이고

빽빽한 노송은 바다를 품고
바다에 사는 해풍은 산 위 올라
한 폭의 동양화 그려놓은 그림 같다

먼 산에 운해가 산물 따라 흐르고
바다는 산 위 올라 흐르는 풍광이
내 영혼까지 흔들어 놓은 한려수도
세상 높고 낮음의 이치를 가르쳐준다.

우리 엄마 / 강순옥

아야 허리 좀
밟아봐라
거기 거기다

밤새 끙끙
앓으신 우리 엄마

중년이 되어 보니
이제야 알 것 같습니다

삶의
무지갯빛
무게만큼이나

뼈마디 마디가
아프다고 외칩니다

오늘도
비가 오려나
우리 엄마 넋두리.

달금이 사랑 / 강순옥

달금이 젖 뗀지도
꽤 오래됐는데
엄마하고 부르면
와락 눈물이 쏟아진다

산전수전 다 겪으면서
단맛 쓴맛 잊을 만도 하는데
엄마 손 감칠맛만 찾고 있다

각본 없이 피어난 들꽃처럼
이쁘다 말 삼킬수록 그리워서
영화처럼 쑥부쟁이 곁에 누우니
먼 산 위 하늘바람 꽃잎 휘둘려가고

젖가슴에 묻힌 새끼손가락
아직도 옛 동산 추억만 그리다
가을빛 홀로 마시는 그리움이
오늘도 깊은 밤에 산모롱이 돌아간다.

오월의 숲은 / 강순옥

산빛 푸르게
연둣빛 잎새에 선연함이
어찌 그리 아름다운지

한 폭의 수채 화가
내 마음 홀리는 듯
상처 난 구멍에
초록빛 녹음 우거져라
햇살 자늑자늑 퍼붓는다

지천에 치유 심지 돋우며
호연지기까지 길러주는
산까치 맑은 빛 쪼아 대며

빨랫줄에 펄럭이는 바람
누더기 옷 벗어던지듯이
꽃향기 수액 마시며 오른다

아카시아 찔레꽃 향기는
때 죽 꽃나무 재 넘어로
솔바람 일렁이며

흙 내음 가득한 자드락 길에
새소리 영롱하게 들리며
눈빛 맑게 씻어 설레게 한다

꽃잎은 푸른 물결 숲에서
생을 마친다 해도
여린 잎새에 햇살 바르며
신록의 꿈 키워 가는 산달에
오월의 숲 꽃 사이로 눕고 싶다.

사랑 택배 / 강순옥

작은 새 한 마리
무엇 하고 있을까
시간 내어 가 봐야겠다

밥은 먹고 있는지
잠은 자고 있는지
낮달은 보고 있는지
혼자 눈물 흘리고 있지는 않은지

바람의 향기
웃음꽃 한 다발
그리움 안고 가 봐야겠다

이 밤 새우기 전에
도착할 수 있도록.

단풍나무 아래서 / 강순옥

언젠가는
너처럼 화려한 날이
올 거란 생각에
물들이는 이 순간에도
상한 마음 곱씹지 않아 좋다

푸르던 잎새 쏟아지는 햇살도
불꽃처럼 활활 타오르다
꽃잎처럼 말라 버린다 해도
눈앞에 펼쳐진 생의 빛깔이 참 좋다

보면 볼수록 빠져드는 숲에
머무는 바람소리 사연 달고
낮술 취한 듯 벌겋게 달아올라

낙엽 되어 떨어지는 가을은
그리움 담아내는 모가의 법칙
험담해도 쉬어가라 해서 참 좋다

산등에 곱게 그려내는 빗살무늬
정 묻는 굴뚝 연기처럼 피어올라
한 줌 재로 남긴 벗이어서 더 좋다.

꽃을 좋아하는 그 남자 / 강순옥

달빛 고즈넉한
시골집 앞마당 뜨락에서
새벽부터 어둠 내릴 때까지
꽃밭 정리하다

달빛에 비친 꽃 빛발
새하얀 샤스타데이지꽃이
너무 예쁘다고 전화가 왔다

산 아랫집 꽃밭에 앉아서

달빛에 비추는
새하얀 샤스타데이지 꽃잎
은은하게 살랑이는 꽃 보라
저들만의 순수한 평화를
마주 앉아 보고 있다고 한다

잡초가 무성한
뒤 안뜰 감나무 아래서
샤스타데이지 꽃잎 나풀나풀
달빛 실어 휘날리는 꽃숭어리마다

환희의 그 순간을
한지로 접어 달빛에 올렸다
스케치북에 그림을 그렸다
뜨락에 꽃잎 살포시 늘어놓았다

밤새도록
봄이랑 꽃과 하나 되어
옛이야기 두리뭉실 나누다
아침 햇살 비추니
나와 또 영상통화 중이다

샤스타데이지 꽃밭에 앉아서.

겨울 산 / 강순옥

햇살이 안긴
겨울 산에 오르면
사방 길 뚫어 있어 참 좋다

낙엽 수북이 숲 사잇길에
붓 없이 그려내는 빗살무늬
산 까치 사로잡혀 나를 부른다

산실에 해가 길면 길수록
야윈 봄 바닷속 물길보다
더 깊숙이 말려든다

하늘과 맞닿는 산세
숲속에 발길 닿은 곳마다
숙연해지는 오감들 기도가 되어

삶 속의 품은 어휘가
노래하듯이 시를 읊는다

어쩌면
그들의 어울림이 좋아
내 온기 고갯마루에 내어주며
산이 좋아 오르고 또 오른다.

풍경이 있는 마을 / 강순옥

누나야
꼬막 산야 진달래
산벚꽃 피었다가 진다

우리 집
앞마당에
수선화 튤립 명자꽃이
보기 좋게 피었서 어

내려와
힐링하고 가소
인생무상 공수래 공
차비 계좌로 보내셨어

KTX 기차에 몸을 실어
고향 집으로 가고 있는데
애잔함이 와락 눈물이 쏟아진다

어버이 빈자리
고사리손으로 고사리 꺾던
막냇동생이 어느새 중년이 되어
꽃을 피워놓고 누나를 기다립니다

오늘도
애잔한 마음 들여다보며
하늘빛 청 푸른 앞마당에서

이 꽃
저 꽃 손질해가면
심심 달래며 꽃을 가꾸고 있다

구 남매 탯자리
추억이 살아 숨 쉬는 그곳에
산모퉁이 굽어 돌아가는 빈집에
그리움이 먼 하늘만 바라봅니다

기차 안에서.

poem
art

명인명시 특선시인선
2023

시인 기영석

프로필

경북 예천 거주
대한문학세계 시 부문 등단
대한문인협회 정회원
(사)창작문학예술인협의회 회원
대한문인협회 대구경북지회 정회원
대한창작문예대학 졸업
문예창작지도자 자격 취득

시작노트

훗날을 꿈꾸며
오늘을 버티고 살아가는 들꽃처럼
소박한 심정으로
밤을 꼬박 새웠던 날들

가슴속에 숨겨왔던 회한을
하나하나 끄집어내어
삶의 언저리에서
늘 부족함으로 부끄러워했지만

그래도
한 시대를 잘 살다 갔다고
백지의 여백에
차곡차곡 한점씩 적으렵니다

목차

시낭송 QR 코드

제 목 : 내 고향
시낭송 : 최명자

공저 〈2021 현대시와 인물 사전〉

내 고향 / 기영석

덕산에 하늘을 붙잡고
수채화처럼 펼쳐지는
드넓은 들판에 가을을 뿌린다

풍요와 갈맷빛이
쑥부쟁이 꽃을 피웠고
낙동강 찬 바람
느닷없이 볼을 때릴 때

마을은 옹기종기
골마다 정이 피어오르고
어렴풋이 스쳐 간
옛사람이 그리워진다

나는 보았다
두 눈으로 뚜렷하게 보았다
고향이 변하는 것을

다 떠난 들녘마다
태양광 시설과 축사뿐
그래도 내 고향은 풍양(豊壤)

밤비 / 기영석

여름을 보내는
슬픔보다
걸어오는 가을밤이
울고 있다

서러움의 눈물
떨어지는 저 소리
창문 열고
잠을 깨우는데

찰나에 울컥
밀려오는 기억들
이불에 잔뜩
풀어헤쳐 놓고

이 생각
저 생각은
팔베개에 드러누워
잠이 들었다

눈 비비고
어둠이 사라지면
마음의 여백에
빼곡히 가을을 심는다

개미취꽃 / 기영석

천국에 온 듯한
고즈넉한 산사에
보라색 가을을 뿌려놓은 것은
계절의 질투일 거야

키가 큰 여인의
치맛자락을 헤집고
보드라운 속 살을 만진다

터질 듯이 부풀어 오르는
목화의 솜처럼
하늘은 구름을 피웠고

앞마당 너럭바위에
우뚝 선 소나무 두 그루
저 멀리 자연을 향해
목탁 치며 염불하고 있다.

개떡 같은 놈 / 기영석

삶을 살아간다는 게
정말 힘이 드네
때론 우울한 날도 있지만
웃는 날이 더 많더라

감정의 동물이란 말이
이럴 때 생각이 나네

별거 아니란 걸 알면서도
순간의 욱하는
성격 탓인지도 모른다

그래서
그냥 어디론가
훌쩍 떠나보려고
목적지 없이 길을 나섰다

발길 닿는 대로 가보자
그리고 다시
돌아오는 내가 미워지겠지
참 개떡 같은 놈

출렁이는 사내 / 기영석

옥순봉 산 그림자
널따란 호수에 펼쳐 놓고

옥빛 물 위를 어질하게
걸어가는 사내

울렁이는 것은
호사스럽고 즐거운 일인데

어쩌면 여유를 만끽하는
삶은 이런 건지도 모른다

나무도 웃었고
하늘도 웃기에 나도 웃었다

여행은 쉼이다 / 기영석

새로운 곳을 본다는 것은
희망이고 추억을 먹는 것이다

세월에 지친 계절이
바뀌고 어떤 변화가 있어도
옆도 돌아볼 수 없는
인생의 삶

잘 살기를 바라지만
어떻게 살아가는 게
잘 사는 것인지
정답은 그 어디에도 없더라

채워진 삶도
여느 날 빈 깡통처럼
쭈그러진 인생이 되었지

늙어지면 그만인 것을
후회 없는 삶은 여행뿐이다

동행자 / 기영석

우리라는 이름으로
함께 볼 수가 있어서
나는 참 좋습니다

힘든 길도
다 함께 걸을 수 있어서
보람을 느낍니다

한 곳에 앉아
먹을 수 있다는 게
더 좋을 수가 없습니다

우리가 더 소중하고
쉼 없는 삶에
마음이 아려옵니다

또 만남이라는
인연의 끈을
가슴속에 묶어 놓습니다

먼 길 떠난 친구 / 기영석

너의 모습이 자꾸 떠오른다

모래 속에 숨겨 두었던
수많은 추억이
밀려오는 파도처럼
내 마음은 아파져 온다

어느 날
놀고 간 자리를 정리하려다
뒷걸음질에 넘어져
너의 불알이 터졌다고
병원 갔던 일들이 떠오른다

볼 수 없다는 것을 알면서도
네가 너무 보고 싶어
바람이 차가운 겨울 바다
모래 위에
쓸쓸한 발자국을 남겼다.

새벽 / 기영석

그래
무엇이든 자꾸 써야 한다
병들고 힘이 없어
아무것도 못 하는 것을
많이 보았지

게으름을 멀리하고
뼈마디가 으스러져도
피로감이 들 때도
움직여야 한다

새벽이 가기 전에
하얀 여백을
까맣게 채우는 손이 운다.

잎새에 이는 설움 / 기영석

노을이 아름다운 듯
곱게 꾸미기에 바쁜 잎새

한때를 즐겨왔던
이파리마저 고개를 숙이지

여물어가는 들판은
저마다 뭔가를 속살거리고

떠나야 할지 말아야 할지
헷갈리는 마음으로

설렘은 멈출 수가 없는데
또 하루의 해는 숨었다.

시인 김국현

프로필

울산광역시 거주
대한문학세계 시, 수필 부문 등단
(사)창작문학예술인협의회 회원
대한문인협회 정회원
2019, 2020, 2021, 2022
　　　명인명시 특선시인선 선정
한국문학 향토문학상 수상

시작노트

마음 / 김국현

거울을 보니
장미꽃이 활짝 피어 있었지

너무 아름다워
그 속에 들어가
보니
나의 마음이잖아

그래서 그런지
오늘은
행복이 넘치는 것 같아

목차

시낭송 QR 코드

제 목 : 잊을 수 없는 날
시낭송 : 박남숙

공저 〈명시 가슴에 스미다〉

바닷가에서 / 김국현

부시도록 반짝이는 바닷가
모래밭 걸으며 무지개 같은 너의 모습
마음에서 꺼내 보았지

부드럽게 넘실대는 파도에
실려 나온 조각난 조개껍질
고사리 같은 손에 집어주면
너의 얼굴은 분홍빛으로 영글어 가고 말았어

그 시절의 바람이 불어오고
갈매기 날고
아스라이 떠가는 돛단배도
변함없이 반겨주지만

아무것도 보이지 않는 모래밭에서
우리가 스쳐 간 잃어버린
그림자를 줍고 있는 거야

줍고 또 주워 담아 보았지만
채워지지 않는 것이 내 마음인 것을 보면
지금, 너 역시 그 시절 생각하며
오래도록 묻어둔 추억을
가슴에서 꺼내 보고 있는 것 같아.

변하지 않는 것 / 김국현

세상에 모든 것은 진화(進化)해 오면서
각양각색(各樣各色)으로 변해가고 있습니다

젊음도 세월 비껴갈 수 없고
연둣빛 잎도 낙엽이 되고
꽃같이 핀 사랑도 시간이 지나면
시들어 가는 거 같아

우주에 있는 모든 것은
세월이 흘러가면 낡고 허물어지고
희미해지고 섞어가고 있어
영원히 유지되는 것은 없는 것입니다

하지만
사람의 이름과 내뱉은 말과
살아오면서 행한 행동은
오래도록 변하지 않아
그래서
"사람은 죽어서 이름을 남긴다"라고
전해지고 있는가 봅니다.

잊을 수 없는 날 / 김국현

햇살에 부시도록
낙엽이 꽃이 되어 피는 날

한잎 두잎 품은 하늘은
젖어있는 입술이
푸른 미소가 되어
뭉게구름 짙어지고
한없이 높아져 간다

한 길가 코스모스
수줍어하는 숫처녀처럼
불그스름한 얼굴로
꼬리 흔들어 대며
살랑거리는 소리에
애간장 녹아내리는데

술래잡기 놀이에 정신 놓은
고추잠자리들은
세월 가는 줄 모른다

가로수 벤치에 앉은
노신사는
떨어지는 낙엽 소리에
눈시울 적시며

무겁게 걸어온 발자국을
추억의 자리에 묻어둔
그리움이
곱게도 영글어간다

허리띠 / 김국현

아침에 눈만 뜨면
허리띠를 매고 일상(日常)이 시작되었다

온종일 허리에서
정성으로 중심을 잡아주며
한평생 변함없이 옷깃을 여미듯
한결같은 고락(苦樂)을 했다

힘들고 지칠 때마다
아픈 눈물 닦아주던 네가
비껴갈 수 없는 세월 앞에 낡을 대로 낡아
너덜너덜 흰 살결 드러내며
고달팠던 지난날을 이야기한다

수많은 이야기 남긴 아쉬움으로
쓰레기통에 버린 뒤에야
어느덧
긴 세월 함께하며 걸어온 내가
낡은 허리띠로 변해가고 있다.

내게 온 사연 / 김국현

땀과 눈물로 얼룩진 여름이
무거운 침묵의 걸음으로
눈시울 붉히며 떠나가는 것은
수없이 남겨진 잎들의
채색되기 위한 몸짓입니다

결실을 위해 영글어 가는 것들이
뼈저리게 느껴지는 것은
잃어버렸던 지난날의 세월로
찾아가야 하는 까닭이었습니다

헤어지면 언젠가는 만나야 하는 것이 순리인 것을
오늘도 무슨 사연이 그렇게도 많기에
낙엽 한 잎 두 잎
석별의 고통 적어두고 떨어지고 있을까

매년 가을이 찾아올 때마다
이 모든 것이
알록달록한 행복과
만지면 터질 듯 한 사랑 가지고
나에게로 오기 위한 몸부림이었습니다.

가을 타는 날 / 김국현

얼굴이 화끈화끈 달아오르고
가슴에 손을 대면 심장이 두근두근
양팔 다리가 축 늘어져 힘이 빠지고
입맛도 떨어지고
꽃처럼 삼삼한 것들이 눈에 왔다 갔다
밤잠을 이룰 수 없다

이 나이에도 사춘기가 있는가
아님 갱년기는 지나간 것 같기도 한데
갱년기가 다시 찾아왔나

처서를 지나니까
누군가 내 마음을 이렇게 흔들고 있구나

자세히 보니
요놈이 가을바람이네
아이고 미치고 환장하겠네

여보세요!
거기 누구 없소!

꽃길을 걸으며 / 김국현

그녀와 꽃길 걸었습니다

손잡고 걸어가다가 보니
그녀에게 풍기는 꽃향기가
너무 진하고 아름다워
그 향기에 취한 나는
나도 모르게 더욱 가까이
다가가고 말았습니다
그리고
우리 둘은 한 몸이 되고 말았습니다

어느새
그녀는 내 품속에서 떨리는 목소리로
"더욱 세게 안아 주세요!"

꿈결에 들려오는 저녁 먹으라는 소리에
거실로 나오니
"웬 낮잠을 그렇게 자요. 저녁에 잠이 오지 않는다면서"

아!
밤이어야 했는데...

그대 심는 날 / 김국현

밭에 배추를 심고
무씨를 뿌렸습니다

한동안 배추를 심다 보니
그녀의 아름다운 미소가 어렴풋이 보였어요
그래서 달려가
그녀의 마음 가운데 정성껏 심고 뿌리기로 했습니다

그 마음속에는
무엇을 심어도 무럭무럭 자랄 수 있는
옥토로 되어있을 것 같습니다

이것이 자라 먹을 때마다
그녀 생각할 수 있는 달빛 배어 있는 반찬으로
숙성되어갈 것입니다.

상처(傷處) / 김국현

상처란
아프기만 한 것이라고

그러나
그대가 남긴 상처는
노을이 익어가듯 별처럼 빛나
지울 용기가 없었어

아늑한 품속이
그리움 칡넝쿨 되어
풀잎 이슬처럼 번져갔었지

그래서
먼 훗날
만나면 함께 펼쳐보면서
구름 따라 이야기할 거야.

들깻잎 따는 날 / 김국현

들깻잎에서 꾸미지 않고 자랑하지 않는
모시 적삼에 몸뻬 차림
맡아도 맡아도 싫증 나지 않는
어머니 냄새가 풍긴다

향기 끝없이 맡았더니
먹으면 먹을수록 구수한 누룽지 맛이 나는
어머니 목소리가 들려왔다

귀를 대고 들어 보니
당신이 남기고 간 분홍빛 편지가 있었다

위로 보니
하늘 속에 구름이 흘러가며 웃고 있고
밑에는 걸어간 발자국이 보여 따라가 보았다

언덕 위에 핀 개망초 한 송이
산들바람에 나부끼며
온종일 기다렸다는 듯
웃음 가득한 손짓으로 반겨주었다

홀로 외롭게 있어도 갓 세수하고
참빗으로 곱게 빗질한 미소의 모습이
그 시절 우리 어머니 얼굴이었다.

명인명시 특선시인선
2023

시인 김락호

프로필

현)사)창작문학예술인협의회 이사장
현)대한문인협회 회장
현)대한문학세계 종합문화 예술잡지 발행인
현)도서출판 시음사 대표
현)대한창작문예대학 교수

〈저서〉
시집 내게 당신은 행복입니다.
눈먼 벽화 외
장편소설 나는 야누스다

목차

시작노트

행동이 나를 따르지 못하는 날엔
말을 합니다

말조차도 나를 따라올 수 없는 날엔
글을 씁니다

그러나
글조차도 나를 이해시킬 수 없는 날엔
시를 씁니다.

시낭송 QR 코드

제 목 : 이별의 진혼곡
시낭송 : 김락호

시집 〈눈 먼 벽화〉

이별의 진혼곡 / 김락호

간밤 울음소리 슬피 하더니
무엔가
명치끝에 쑤욱 박히더이다

들숨을 가슴에 가두고
날숨을 허공에 토해내는데
그래도 빠지지 않고 채워지지도 않는
허전함과 뻑뻑함의 불완전한 공존이 하늘을 날더이다

먼동이 공기의 냄새에 배어 나오고
열두 자 깊이의 우물곁에
철푸덕 앉아버린 몸뚱어리
괜스레 하늘과 끊어진 두레박만 원망하였더이다

잘 가소
편히 잘 가소
아직은 당신을 갈망하는 내 목소리
답해줄 수 없는 외길이더이다

가슴에 쌓인 한숨은
감은 눈꺼풀 위에 촘촘히 올려 두었다가
이름 없는 먼 곳에 닿걸랑
묵언의 이야기로 풀어버리고
저만치 마중 나온 이
웃음 흘리며 손 내밀거든
기쁘게 두 손 잡고 반겨 가구려

잘 가소
편히 잘 가소.

백조의 꿈 / 김락호

갈 곳 잃은 백조는
외로운 등대를 바라보다
꿈을 꾸었습니다

무거운 침묵 속에서
늘 하늘을 비상하는 꿈을

날지 못하는
작은 새는 독한 현기증을 앓았습니다

파도가 밀려와 섧디 설운
사랑의 이야기를 들려줄 때면
가슴부터 빨갛게 물드는 아픔을
숨기려 여윈 햇살만 바라보아야 했습니다

자유로이 바다를 넘나드는 파도에는
거꾸로 매달려버린
사랑의 이야기를 들려줄 수 없었기 때문입니다

더 이상의 꿈이 무의미할 때쯤
허공에 매달려
무게를 깨달을 수 없었던 사랑은
바람을 따라가고
부재의 흐느낌 같은 날개를 주었습니다

백조는
설핏 저무는 해그림자를 바라보며
꿈꾸던 세상을 향해
힘껏 날아오를 수 있었습니다.

묘비명(墓碑銘) / 김락호

삶의 멍에를 벗어버리고 쓰러질 때쯤
흔들거리는 술잔이 시궁창보다 더 더러운
너의 양심에 불을 지르면 너는 보아라

쓸쓸하고 눈물짓게 하는 이 삶 속에서
가슴속에 흘려야만 했던
혈(血)의 눈물을 감추고

무엇을 담으려 오체투지의 몸짓으로
육신을 불태워 그 고통 앞에
너의 혼을 앉혀야만 했는가

보이길 거부해 버린 자아를 찾아
무거운 발을 옮겨야만 했던 너는
환희의 빛과 어두움의 사이에서
살아 있으면서 죽은 줄도 모르는 동행자와
둘이면서 하나인 또 다른 너와
함께하고 있음을 깨달았으리라

너는 이제
피와 눈물과 빗물이 하나였음을 알았음에
너에 묘비명(墓碑銘)에 서사시(敍事詩)를 쓰리라
너무 많아서 볼 수 없었던 삶의 이야기를
무필(舞筆)로 비틀어 서각으로 남기리라

살아 있는 모든 것은 내일이 없기에
주어진 지금이 행복이고 사랑이기에 행복했다고.

침묵의 사랑 / 김락호

앞에 있어도 가질 수 없는 너
만질 수 있으나 소유할 수 없는 너
묵언의 침묵으로 바라보다
그저 담배 연기만 가슴속 깊이 파고든다

사랑한다는 통상적인 말보다는
내 마음 담을 수 있는
너의 눈빛 속에서 날 보고 싶다

보고 싶다는 변조된 수화기 속의
너의 목소리보다는 귓전에 들려오는
숨이 멎을 것 같은 너의 흐느낌을 느끼고 싶다

내 가슴에 살아 있는 널 포옹하고 싶다.

천년을 갈 거다 / 김락호

사랑은 목에 걸린 가시처럼 아프고
아련한 기쁨에 이별을 꿈꾸는 너는 섧다

그림자 없는 사랑에 너는 도리질을 하고
허한 아픔에 나는 흩어지는 꽃잎을 주워 담는다

보고 싶어서 너는 슬프고
행복해서 나는 운다

기다림에 가슴이 시려서 너는 웃고
널 놓아본 적 없는 난 서럽다

너의 가슴속에서
난 뚜벅뚜벅 걸어 천 년을 갈 거다.

입에 문 혀를 깨물었다 / 김락호

어지럽게 꼬이고 비틀려가는
삶의 골짜기에서 꼭꼭 숨겨둔 입맞춤
아무에게도 보여주기 싫은 너의 진실은
벼락같은 너의 입술에 겁탈당하고 말았다

너의 그 짧은 혓바닥에 진실은 희롱당하고
이빨마저 뽑혀 버렸다

때 묻은 너의 말을 내 목구멍에
주워 삼키고
헝클어진 언어들을 빗질해
넝마 바구니에 주워 담는다

쉬어버린 목청으로 노래하지 마라
언변의 속임으로 얼굴을 가리지 마라
너 또한 진실은 사랑이다

섧디 설운 꽃으로 피우지 말고
너의 골수에 숨겨둔 해안으로 참사랑을 보라
그리하여 삶에서 사랑으로
사랑에서 동반까지를 염원하여야 한다.

시인 김선목

프로필

대한문학세계 시 부문 등단
(사)창작문학예술인협의회 이사
대한문인협회 경기지회 정회원
대한창작문예대학 지도교수

〈저서〉
시집 "그대가 있어 행복합니다"

시작노트

햇살 드는 창가에 앉아
바라보는 눈빛과 햇살의 만남처럼
해를 품은 눈빛이 따스한 사람
눈빛에서 눈빛으로 통하는 그런
그런 사람이 좋아요.

마냥 웃는 정겨운 얼굴로
맑은 가슴 내어주는 햇살 같은 그런
그런 사람이 그런 사람이 좋아요.

시 〈좋은 사람〉 중에서

목차

시낭송 QR 코드

제 목 : 여명(黎明)
시낭송 : 박영애

시집 〈그대가 있어 행복합니다〉

가고 싶은 길 / 김선목

꽃바람 불어오는 남쪽 그곳에
사랑하는 그대가 있어 달려가던
그 길가에 벚꽃이 피었습니다.

벚꽃은 피고 지고 또 피건만
그대는 가고 오지 않는 그 길에
지울 수 없는 흔적이 꽃잎으로 날리는데
발길을 옮기지 못하는 그리움만 쌓여갑니다.

해가 뜨면 그리워서
달이 뜨면 외로워서 달려가는 마음에
보고 싶은 얼굴 아른거리는
하루의 서러운 눈길이 무정하게 부서집니다.

하얀 벚꽃이 질 때면
꽃잎이 흐르는 상심한 눈으로
무심한 별빛만 바라봅니다.

大地 / 김선목

생명이 탄생하는 핏줄 같은
물의 역사가 흐르는 곳
생명이 뿌리내린 아름다운 강산
이곳이 생명의 땅이다.

메마른 땅에 단비가 내리고
나무와 꽃들이 춤추며
온갖 새들과 풀벌레가 노래하는
싱싱한 생동이 신비롭다.

돌비알 된비알 언덕을 넘는
굴곡진 삶의 여정은
굴곡진 가람의 모래성을 서성이며
세월의 모래톱을 밟는다.

안돌이 돌아가는 인생은
낮은 곳을 흐르는 파문이 일고
파도처럼 소쿠라지다
파도처럼 스러진다.

햇발과 너울에 어깨를 내주는 땅
이 땅에서 살다가 가는 생명체가
흙으로 돌아 갈 때에
한 줌의 토양이 될 터이다.

들꽃 같은 당신 / 김선목

들꽃처럼 소박한 나만의 당신
나는 들꽃을 맴도는 들풀처럼
당신을 바라볼 수 있어 행복합니다.

아침 이슬 영롱한 꽃 이야기
밤안개 속삭이는 아늑한 사랑아
당신을 사랑할 수 있어 행복합니다.

비가 오나 바람 부나 서로가
서로를 위로하고 감싸주면서
당신과 동행할 수 있어 행복합니다.

내 가슴에 핀 들꽃 같은 당신
한평생 함께 익어가는 사람아
당신이 곁에 있어 진정 행복합니다.

메아리 / 김선목

살기 위해 먹는 입맛과
살면서 뱉는 말맛은
살아가는 양식의 맛이다.

먹고 사는 일상 속에서
뱉어야 살 것 같은 소리는
곱게 곱씹어 볼 일이다.

목에 걸릴 가시 바르듯이
삼킬 말, 뱉을 말을 가린
맑고 깨끗한 소리가 좋다.

입안 밖이 향기로울
맛깔스러운 소리는
말에서 풍기는 울림이다.

父子 同行 / 김선목

세월을 쌓아 올린 노령은
노환의 침대에 노구를 깔고
단골손님 같은 왕래가 안타깝지만
동행할 수 있어 다행입니다.

세월에 닳아 버린 다리를 부축하던
지팡이도, 고령의 무게를 견디지 못하고
신발장에 홀로 서서 울고 있지만
의자에 기댈 수 있음이 다행스럽습니다.

세월에 말라 버린 오감이 주름에 가려
눈과 귀가 어두워지지만
볼에 입맞춤하듯이, 큰 소리로 귀를 열고
소통할 수 있음이 다행스럽습니다.

세월이 훑어 내린 여생은
단골집을 향해 돌봄을 끌어안고
자효의 시간은 속절없이 흐르지만
동행할 수 있어 다행입니다.

삶의 끈 / 김선목

내 마음에 걸리는 사람 때문에
마음이 아파져 옵니다.
내 어깨에 기대는 사람 때문에
어깨가 무겁습니다.

혼자서 해야 할 일 너무 많아서
손발이 저릴지라도
혼자서 감당할 일 너무 벅차서
가슴이 답답할지라도

가끔은 무거운 가슴 펼쳐놓고
웃어 보기도 하면서
가끔은 힘겨운 어깨 풀어놓고
기대 보기도 하면서

내 마음에 걸리는 사람 위해서
행복의 끈을 잡습니다.
내 어깨에 기대는 사람 위해서
희망의 끈을 잡습니다.

좋은 사람 / 김선목

햇살 드는 창가에 앉아
바라보는 눈빛과 햇살의 만남처럼
해를 품은 눈빛이 따스한 사람
눈빛에서 눈빛으로 통하는 그런
그런 사람이 좋아요.

마냥 웃는 정겨운 얼굴로
맑은 가슴 내어주는 햇살 같은 그런
그런 사람이 그런 사람이 좋아요.

달빛 드는 창가에 앉아
바라보는 눈빛과 달빛의 만남처럼
달을 품은 마음이 포근한 사람
마음에서 마음으로 통하는 그런
그런 사람이 좋아요.

마냥 웃는 정겨운 얼굴로
맑은 가슴 내어주는 달빛 같은 그런
그런 사람이 그런 사람이 좋아요.

(명시 가곡을 만나다 −가곡 작시)

촛불의 고독 / 김선목

외로운 영혼이 시름에 싸인 밤
어둠을 밝혀주는 불꽃이
고뇌의 껍질 벗기며
속상한 눈물로 애를 태운다.

그리움이 탄다!
고독을 태운다!

뒤뜰 창가에 하늘거리는
가엾은 그림자의 밤은 깊어 가고
검게 타버린 심지엔
갈망한 흔적만 졸고 있다.

여명(黎明) / 김선목

허공 속에 발광하던 소요가
달빛 가지에 걸려 고요한 밤
바람 소리도 잠이 들었다.

바람에 날려 떠들썩한 현실은
창밖에서 부서지고
이상은 꿈속에서 헤맨다.

어둑새벽을 박차고 일어난
참새 소리가 날아와
잠든 봉창을 두드린다.

밤안개에 묻혀야 했던 고요가
갓밝이 창가에서
눈을 비비며 창문을 연다.

핏줄 / 김선목

"엄마 아빠 나 잘 살게"
말꼬리 흐린 눈물 닦아주던
흰 장갑 속 열 손가락은
어미보다 한발 앞서
달려오는
손주를 끌어안고 반기는
뿌리 깊은 사랑이란다.

poem art

명인명시 특선시인선
2023

시인 김수용

프로필

제물포고, 중앙대 졸업
대한문학세계 시 부문 등단
샘터문학 자문위원
2019년 향토문학상 동상
2021년 신춘문학상 공모전 장려상
2022년 신춘문학상 공모전 동상
〈공저〉 현대시와 인물 사전

〈저서〉
시집 "잊지 못할 그리움 하나"

시작노트

글쟁이는 글을 통하여 현대인의
메말라가는 감성에 활력소가
되어야 한다는 생각이다

때문에 시를 접하는 누구든지
감성을 느낄 수 있는 시를 쓰려고
노력해 왔다

감성이 살아나야 사랑하는 마음도
풍부해지기 때문이다

코로나19와 부동산 경기
침체등으로 어려운 시기에
나의 시가 독자들에게 다소나마
마음의 위안이 되었으면 하는
작은 소망을 가져본다

목차

시낭송 QR 코드

제 목 : 뒤늦은 고백
시낭송 : 최명자

시집 〈잊지 못할 그리움 하나〉

정거장 / 김수용

앙상한 나뭇가지 위에 너울대던
마지막 잎새마저 떨어진 후
싸늘한 겨울이 찾아왔습니다

잠시 뒤돌아볼 여유도 없이
걸어온 삶의 뒤안길에서
조금만 쉬어가자고
너무 숨이 차다고
힘에 겨워 쓰러질 것 같다고
시린 눈물 흘리던 당신

변두리 허름한 정거장 일지라도
잠시 쉬어갈 의자는 있었지만
모른 척 외면하고 말았습니다

한 살 두 살 나이를 먹을수록
육신의 고통 속에 빠져드는
당신의 모습을 볼 때면
이제는 돌아갈 수 없는 지난 시절
무심히 지나쳐 버린 정거장이
아련히 떠오릅니다

함박눈이 내리는 어느 겨울날
허름한 정거장에
쓸쓸히 앉아있던 당신의 모습이
너무나 그립습니다

사랑합니다, 당신을

적막 / 김수용

주인 없는 산사에
풍경 소리 너울대고
개여울 갈대밭에
두견새 슬피 우는데

솔숲 가지 위에
하얀 달 걸칠 때면
이른 새벽 적막함이
고독을 외면한다

흘러간 강물처럼
돌아앉은 연민
빛바랜 나뭇잎에
살포시 실어 보내니

나목은 생기를 잃고
마침내
속살마저 드러낸다

춘몽 / 김수용

만월산 골짜기 휘돌아
세차게 불어오는
쌀쌀한 겨울바람은
텅 빈 가슴을 아리게 하고

봄을 애타게 기다리는
시인의 마음마저
고독의 늪에 빠지게 한다

앙상한 가지에 피어있는
하얀 눈꽃은
매정한 삭풍에 생을 다하고

꿈에라도 화사한
봄의 향연을 갈망하는

욕심 많은 시인의 펜 끝은
아무런 말 없이
멍하니 하늘만 바라본다

그렇게 겨울은
슬픈 사연 가득 안은 채
점점 깊어만 간다

망각의 삶 속에서 / 김수용

물안개 자욱한 이른 새벽
밤새 흐느껴 울던
회색 가을비 떠나려 할 때

미련만 남기고 떠난 갈바람
홀연히 다시 찾아와
마지막 남은 나뭇잎마저
서글프게 떠나보낸다

화려했던 그 시절은
차가운 서리에 사라지고
앙상한 가지만 남겨져 버린
초라한 너의 모습

마지막 잎새마저 떨어지고
가을이 저물어가니
지난가을,
너와의 멋진 사랑이
잊혀진 추억이 되어버린다 해도

사람들은 그저 말하겠지
가을이 가면 겨울이 오는 거라고
망각의 삶 속에서

잊지 못할 그리움 하나 / 김수용

잊지 못할 그리움 하나
메마른 가슴에
잠시 숨겨 놓았습니다

외로움에 울고 있는
초라한 나목은
쓸쓸한 삶을 움켜쥔 채
그냥 그렇게
봄을 기다립니다

미련 많은 잔설 속에
짝 잃은 동박새는
속절없이 울어대고

화사한 봄의 향연은
그리움 속에
떠나고 말았습니다

늘어가는 흰머리 속에
애틋한 그리움마저
덧없는 세월에 묻혀
중년의 고독으로 다가서니

그저 빗장 걸어 놓은 채
메마른 가슴에
잠시 숨겨 놓으렵니다

잊지 못할 그리움 하나

산사의 겨울 / 김수용

겨울이 찾아온 산사에
함박눈이 내린다

문틈 사이로 스며드는
매서운 바람은
노승의 독경마저 얼게 하고

하얀 눈 쌓인 처마 끝에
너울대던 풍경
이른 새벽 숲의 적막을 깨운다

삭풍에 얼어버린 나목의
기나긴 묵언 수행 길에
외로움만 쌓이는데

흔들리는 촛불 아래
두 손 모은 동자승

눈가에 맺혀있는
속세 향한 미련의 눈물
사무친 그리움 속에 스며든다

바람이 분다
겨울이 찾아온 산사에
함박눈이 내린다

해무 / 김수용

까만 새벽
얼굴을 스쳐 지나는
차가운 바닷바람

저기, 성난 파도 너머로
하얗게 밀려오는
길 잃은 나그네 무리
발목을 적시우고

호기심에 다가서면
수줍은 듯 사라져 버리는
너란 존재

여명이 밝아오고
어둠마저 물러가니
가슴 깊이 파고드는
싸늘한 고독

떠나버린 사랑은
갯벌 저만치에 누워 있다

반쪽 사랑 / 김수용

어두워진 창밖으로
봄비가 내리고 있습니다

차가운 벽에 홀로 누워있는
검은 그림자는
미동조차 없습니다

책갈피 속에 오랜 세월 간직해 온
빛바랜 낡은 사진을 보며
당신의 옛 모습을 생각합니다

살아오면서
힘들 때면 당신을 먼저 원망했고
얼굴에 늘어가는 주름을
모른 척 외면도 하였습니다

이제, 초로의 몸이 되고 나서야
뒤늦게 깨달았습니다
당신을 향한 나의 사랑은
반쪽 사랑이었음을

채우지 못한
그런 사랑이었음을

가을에 / 김수용

다락에 묵혀둔
닳고 닳은
벼루에

손목이
시리도록
먹을 갈고 갈아

소래산 고개
넘어가는
새하얀 구름에

붓을 휘감아
그려본다

보고 싶은 얼굴
당신을

뒤늦은 고백 / 김수용

휘파람새 구슬프게 울던 그날 밤
당신이 떠난 후

여울목가에 꽃창포는
점점 시들어
생을 다하고 말았습니다

고백 못 한 애절한 사연
마음속에 간직한 채
시린 이별을 맞았기에

세월이 흐르고
중년의 나이가 되어도
그리운 마음은 더욱 깊어만 갑니다

만날 수는 없어도 그대 향한 사랑은
변함이 없습니다

눈 덮인 자작나무 아래
뒤늦은 고백은
설익은 입맞춤 속에
잊혀지고 말았습니다

쓸쓸한 자작나무 숲에
오늘도
함박눈이 내리고 있습니다

시인 김윤수

프로필

논산 출생
대한문학세계 시 부문 등단
(사)창작문학예술인협의회 회원
대한문인협회 정회원
대한문인협회 대전충청지회 정회원
극단 시울림 단원
시우 문학회 회장
대전에서 개인택시 운행

시작노트

삶이란 섬
무수한 파도로 파생되는
물보라를 맞으며
살아간다

때로는
더 심한 태풍이
파도와 함께
온몸을 때리고 훑어도
꿋꿋하게
살아남는다

그때
비로소 섬이 된다
시인이 된다

목차

시낭송 QR 코드

제 목 : 여름밤의 폭우
시낭송 : 조한직

시집 〈여명 그 빛의 아름다움〉

여름밤의 폭우 / 김윤수

잠재된 설움의 구역질인가
휘몰아치는 바람 따라
서러움 가득 안고
눈물 흘리는 너

서러워 서러워서
칼날 같은 빛으로
번쩍 우르르 꽝꽝
천지를 개벽하는 소리 지르며
울다가 웃다가 통곡한다

서러움이 잦아들면
논둑길 개구리 슬피 노래하고
풀숲에 숨어있던 풀벌레
연약한 몸으로 울어댄다

먹구름 부끄러워
바람 따라 곤두박질하고
어둠에 숨어있던 해님이
빼꼼히 고개 내밀 때

긴장했던 대지는
긴 숨으로 토악질을 멈추고
자연을 어우르며
연초록 세상을 끌어안는다

조개 / 김윤수

어둠의 열차를 탔다
때로는 깊은 곳에서 단단한 껍질로 구르듯 기어도 가고 떨어지
듯 뒹굴기도 한다
겉은 단단하고 각박한 모습이지만, 속엔 부드러운 감성으로 홀
로 역경을 이겨간다.
열차는 시장 자판 위에 나를 버린다.
울분을 토하는 듯한 도시에 고향을 둔 나는 그들을 관찰한다.
그들은 입가에 미소를 짓지만 날카로운 눈길은 내 온몸을 스치
며 나를 헤집는다.
이들의 입가에 맺힌 미소 속에는 탐욕의 그늘이 번뜩인다.
살기 위한 탐욕일런가
행복을 위한 탐욕이런가
내 몸을 그들이 들었다 놨다 탐색을 마칠 때까지 나는 그들을
관조한다
저 탐욕의 눈들은 어디쯤에서 멈출 것인가
인고의 그늘에서 얻은 내 몸속의 진주는 저들의 탐욕을 만족
시키려나

자판 위에서
슬픈 눈으로 더 슬픈 탐욕을 본다

계절의 비 / 김윤수

가끔은
아얌을 쓴 얼굴에
사나운 빗줄기처럼
날아드는 화살 같은 바람

깊이 잠재된
내면의 저항 밀치고
소주잔 놓고
슬픔과 동거를 한다

저 멀리
계절의 칸막이 속에서
서글프게 흐느끼는
노랫소리 들으며

오늘도
짝사랑 여인 숨어 보듯
지난 흔적 뒤적이며
흐느껴 운다

혼돈의 시간 / 김윤수

칠흑의 밤
눈은 있으나 본분을 잊고
보이지 않는
마음으로 세상을 읽는다

백지가 된 마음
넓은 공백에 구상을 하고
드로잉 하는 손길
부족하여 색칠을 하고
다시 덧칠을 하지만
상상의 골은 깊어지고
심연의 골짜기로 빠져든다

끝이 없는 상상의 골짜기
어디를 어떻게 가는지 어디에 있는지
혼돈의 그늘에서
벗어나지 못하고
두려움과 추위의 고통 속에서
자괴감으로 색칠을 한다

얼룩진 눈물 자국, 덧칠한 흔적만
선명하게 눈에 띈다

지을 수 없는 삶
다시 시작할 수 없는 공간
아니, 공간이 없는 얼룩의 흔적들
어떻게 지우고 채울까
어떻게 배열을 하여야 이룰 수 있을까
그 공간의 미학, 그 삶의 의미를...

다시 눈을 떠 보지만
걷힌 칠흑보다도 더 혼란스러워진 눈
세상의 오물과 그 냄새
폭풍우를 기다리는 허기진 마음
폭풍 후의 고요를 그려본다

향기 짙은 꽃이 되어 / 김윤수

너는 왜 그곳에 가느냐
묻는다면
그곳에 길이 있기 때문이라는 말은
절대 하지 않으리

그곳에 있는 산산이 부서져 흐르는
고통을 줍기 위해서고
흩어져 있는 사금 같은 고통을 모아
번쩍이는 작은 메달을 만들고 싶다는 말
어색하더라도
당당하게 말하고 싶다

그곳에는
미지의 날에 그리움 짙은
향기가 아주 진하게 묻혔기에
먼 훗날
정신이 아득해지기 전
너를 찾으며 짙은 미소 머금으리
작은 메달을 가슴에 안고
활짝 웃으며 피우리

향기 짙은 꽃이 되어.....

춘분 / 김윤수

거센 엄동의 손
살며시 뿌리치고
봄비 맞으며
다소곳하게 찾아온 님이여

이리 오시니
촉촉이 젖어 드는 빗님도
목련꽃 보며 웃고

산수유꽃
그윽하던 향기 대신
영롱한 보석 머금은 모습
참 좋다

님처럼
세상 모든 것이
모자라지 않고 넘치지도 않으면
참 좋겠다

작은 술잔이 호수 되어 / 김윤수

때론
작은 잔 속의 술이
나를 삼키고
나를 잃게 만든다

사람 마음은
한없이 넓을 수도
작을 수도
있다

요즘
작은 술잔이 호수 되어
나를 품는다

시인의 마음 / 김윤수

밤사이 하얀 눈이 내렸다
머리 위에
내 마음 위에도
하이얀 눈이 내렸다

새로운 신천지를 보며
경이로운 시선으로
새로운 마음으로
하얀 세상을 바라본다

저 속에 서서 보이는 아름다움을
보이지 않는 아름다움을
어떻게 구상하고
어떻게 사유하며 어떻게 그릴까

가슴이 뛴다
심호흡을 해본다

나를 찾는 깨달음 / 김윤수

어떤
고통이 너를 아프게 해도
절대 물러서지 말아라
겨울이 가면
봄은 어김없이 찾아오는 게
우주의 순리다

바다 한가운데에서
섬으로 남는 것은
모든 파도와 태풍을 이기고
견딜 수 있기에
섬이 탄생한 것과 같이

인생의 바다에서
살아남는 것은 꿋꿋하게 버티며
스스로를 관조하며
길을 찾는 깨달음에 있다.

사랑 / 김윤수

사랑은 무겁지도
험난하지도 않답니다.

그건
햇살같이 밝은
당신이 있기 때문이고
언제나 마음에 쉴 곳을 주는 당신의
너그러움 때문입니다.

가을이 곱게
아주 곱게 화장하는 날
하늘에 구름 조각 하나 떼어
단풍잎 살포시 얹어
갈바람에 미소를 실어 보냅니다.

당신의 마음속으로.....

시인 김정섭

명인명시 특선시인선
2023

프로필

경북 문경시 거주
대한문학세계 시 부문 등단
(사)창작문학예술인협의회 회원
대한문인협회 대구경북지회 정회원
2022년 신춘문학 전국 공모전 은상
2022년 짧은 시 짓기 전국 공모전 금상
2022년 순우리말 글짓기 전국 공모전 은상

시작노트

가을볕이 좋아서
바람도 나도 걸었다

옷자락을 적신 고운 햇살
그리운 색깔로 詩를 만들어
그대와의 거리만큼
늘어진 거미줄에 걸어 놓는다

가을볕이 좋아서 나를 말린다
상처 난 아픔을
그대 미소의 빛으로 보듬어 본다

시 〈볕이 좋아 걸었다〉 중에서

목차

시낭송 QR 코드

제 목 : 볕이 좋아 걸었다
시낭송 : 박남숙

공저 〈명시 가슴에 스미다〉

감홍(甘紅) / 김정섭

바람도 머무는 새재의 하늘가
찬바람 이슬 머금은 마음에
붉은빛 가득한 고운 당신을 담아본다

벌레 먹은 나뭇잎 사이로
갈바람 들어오고
고운 빛깔의 아삭이는 맑은소리
흐르는 과즙에 목마른 그리움을 적신다

구름도 쉬어가는 하늘재 아래
자드락길 과수원에
보석 같은 감홍(甘紅) 맛

선홍빛 줄기에 단풍은 찾아들고
가득히 내려오는 햇살에
감홍(甘紅)이 익어가는 가을
새벽 아침의 멋 주흘산을 타고 내린다

따스한 햇살 노란 국화 익어가고
검붉은 치마 속 짙은 하얀 그리움에
비행하는 벌 나비 날아들고
당신 가슴속에서 반짝이는 별이 되고 싶다.

가을 이야기 / 김정섭

돌담 위에 노란 호박도
코스모스 꽃잎에도
익어가는 가을 당신이 있습니다

안개에 젖은 나뭇잎
벌레 먹은 구멍으로 가을이 들어오고
고추잠자리 날갯짓에
머뭇거린 붉은 그리움을 마중합니다

추억의 공간에는 음악이 흐르고
들녘에 햇살이 익어갈 무렵
강가에 쑥부쟁이 한 아름 피었고

바람도 머무는 하늘가 하얀 구름에
당신에게 가을詩를 남겨 봅니다

나뭇잎에 묻어있는 빛깔 좋은 햇살이
파란 하늘에 짙어질 때
그리움의 편지를 당신에게 보냅니다.

물빛 나는 詩의 향기 / 김정섭

그리움 가득한 잿빛 구름
떨어지는 빗방울에 커피 향이 감돈다

가녀린 꽃대 흔들리는 꽃잎은
눈물에 헹구고 햇살에 말리어
기도하는 마음으로
머무는 그곳에서 당신을 마중한다

하늘가 머무는 새털 같은 구름은
아름다움 속에서 詩 향에 묻어나고
맑은 바람 산책하는 남매지 호숫가에
나 여기 쉬었다 가려 한다

한 자락 아쉬움에 엮어놓은 사연을
연꽃 추억에 그리움 포장하여
빨간 우체통 느린 마음으로 당신에게 보낸다.

허수아비 뜨락에서 / 김정섭

내 마음의 깊은 사랑도
그대 숨 쉬는 그리움도
익어가는 가을의 결실입니다

내 공간의 풀어놓은 넋두리도
안갯속에 숨겨놓은 설익은 그리움도
좋은 또 하나의 사랑입니다

가을의 길목 9월을 바라보며
코스모스 꽃잎에서 향기를 담아
기울어진 시간을 보듬어 봅니다

바람이 머무는 하늘가
새털구름 붉게 물든 그리움의 들녘
고추잠자리 비행하는 날갯짓에
허수아비 뜨락에서 가을을 탐합니다

나뭇잎 붉게 물들어 내리는 날
화려한 역설 속에 미소 짓는 사랑으로
붉은 꽃을 바라보듯
당신에게 빠져들고 싶습니다.

볕이 좋아 걸었다 / 김정섭

가을볕이 좋아서
바람도 나도 걸었다

옷자락을 적신 고운 햇살
그리운 색깔로 詩를 만들어
그대와의 거리만큼
늘어진 거미줄에 걸어 놓는다

가을볕이 좋아서 나를 말린다
상처 난 아픔을
그대 미소의 빛으로 보듬어 본다

파란 하늘가 새털구름 아래
빨간 고추가 익어간다
하나의 빛이 되어 어둠이 여명으로
돌아오는 날
그리운 추억을 별들에게 보내고

가을빛이 좋아 나는 걸었다
불타는 들녘에 익어가는 노을에서
당신을 기다린다
그대 사랑하는 마음으로.

하늘빛에 젖은 날개 / 김정섭

쟁반 같은 푸른 잎에
보랏빛 가시연꽃 당신을 만난다

초록빛 햇살이
그리운 공간을 말릴 때
나뭇잎 속살에 머무는 여름은
허리춤에 숨어들어 9월을 바라보고

산 능선 노을이 꽃을 피울 때
산을 물속으로 숨어 버리고
하늘빛에 젖어 날개는
당신의 그리움에 중독이 되어간다

짧은 추억에 퍼덕이는 가슴을
한 줄의 시(詩)에 담아
그리움 무성한 당신의 정원에서
푸른빛 햇살에 정화를 시켜놓고

별빛 묻어나는 그리운 인연
노란 해바라기
시계방향 동행으로 이정표를 돌린다.

어머님의 놀이터 / 김정섭

아침햇살이 울타리 넘어올 즘
호박 덩굴 한 뼘 더 자라나고
어머님의 발걸음 소리에
흩어지는 참새가 하루를 열어 봅니다

텃밭이란 둥지에 사랑을 심어 놓고
다 닳은 호미로 감자를 캐어
때때로 아들 딸내미 부르는 소리에
주름진 이마 웃음꽃이 활짝 핍니다

빛바랜 나달 속에 돌담은 허물어지고
볕이 찾아드는 임자 없는 놀이터
들풀 속에 피어있는 보랏빛 도라지꽃
파란 하늘가에 꽃구름 같은 사랑
뒤늦은 깨달음에 가슴이 아파져 옵니다

시골집 처마 아래 떨어지는 붉은 노을
빨랫줄에 잠자리는 가을을 당겨놓고
별빛이 내려오는 실개울 푸른 수풀에
개똥벌레는 그리움을 찾아다닙니다.

가을비에 젖은 마음 / 김정섭

가을 언저리 안개비 내리던 날
산허리 휘어감은 안갯속을
물끄러미 바라다본다

나뭇잎에 고이는 빗방울은
살랑이는 바람에 흩어지고
그리움이 짙게 묻어나는 날
머무는 공간에서 당신을 찾아본다

노란 달맞이 꽃잎에 맺힌 그리움
채워지지 않는 기다림은
거미줄에 걸린 이슬방울 머금어
당신의 갈잎 속에 스며든다

여름의 그 자리 옷깃을 여 밀고
쑥부쟁이 향기 그윽할 즘
바람 끝 가을 들녘 수채화의 아름다움
농익은 그 빛깔 당신이면 좋겠다.

인연의 끈 닻에 달고 / 김정섭

찬바람 머물러 있는 그 자리
계절의 끝자리 깊은 겨울에
당신은 하얀 서리꽃으로 나를 기다린다

기름진 텃밭에 씨앗 여섯 개 심어놓고
골고루 물을 주고 가꾸어서
여기저기 옮겨 심어놓고 미소 짓는 당신

노란 달빛 내려오는 장독대에
정화수 올려놓고
그리움이 가득한 마음으로
가슴 깊이 스며들도록 안녕을 놓고 있다

세월은 노쇠하여 기억은 멀어지고
뿌리 깊은 인연에 눈빛으로 말을 한다
색 바랜 심장 한편에 그리움을 얹어놓고

물안개 피어나는 강 건너 돛단배에
이제는 베푸는 인연의 끈 닻에 달고 싶다.

구이초의 삶 / 김정섭

하얀 바람 가슴을 스치던 날
담장 너머 익어가는 인동초
흩어진 마음 한 곳으로 끌어와
자박이는 내면을 들여다본다

주흘산 주봉 기운 받은 청춘
내 삶의 수레바퀴 회전하는 공간에서
미완성 퍼즐 조각을 모아 엮고
모가 난 마음을 다듬고 사포질해 본다

토끼비리 깎은 절벽 모퉁이
유월의 녹음방초 화려한 초록빛
그리움이 피고 지는 여름날에
문을 열어 불 밝히는 그대가 있어 외롭지 않다

담장을 타고 가는 덩굴장미
물끄러미 눈으로 만져본다
담벼락에서 두레박 퍼 올리는 골목길
해바라기 익어가듯 삶도 영글어 간다

힘찬 줄기
뻗어가는 구이초의 발걸음 소리.

* 주흘산 주봉 : 문경 소재 산
* 토끼비리 : 문경 진남교반 근처 옛길

시인 김정윤

프로필

울산 거주
대한문학세계 시 부문 등단
(사)창작문학예술인협의회 회원
대한문인협회 울산지회 회원
한국문인협회 회원
2021년 한국문학 예술인 금상
2022년 짧은 시 짓기 공모전 은상

〈저서〉
시집 "감자꽃 피는 오월"

시작노트

詩를 가슴에 품는 것은 무한한 가능성을 가진 씨앗을 담는 것과 같다고 했다.

시 한 편이 누군가에게 위로를 줄 수 있다면 시는 영원히 존재할 것이라는 믿음으로 시와 가까이한다면 우리의 몸과 마음은 건강하게 다듬어질 것이다

시란 잃어버린 것들을 되찾게 하고 삶의 아픔을 위로하는 마음의 등불이라 생각한다.

시를 통해 우리들의 인생이 밝고 따뜻해지길 바라며 나는 그 누군가를 위해 시를 쓸 것이다.

목차

시낭송 QR 코드

제 목 : 겨울나무
시낭송 : 박영애

시집 〈감자꽃 피는 오월〉

겨울나무 / 김정윤

세월의 톱니바퀴에
갈가리 낡은 수피 자락을 훈장처럼 걸치고

속살 파고드는 칼바람에 비틀거리며
달빛에 쓰러진 발가벗은 그림자를 밟고 서서

봄 여름 가을
피 한 방울 흘리지 않고 떨어져 나간
그 많은 이별을 감내하고

닳아버린 연골 휘어진 팔을 흔들며
마지막 남은 잎새의 이별을 배웅하고 있다

한평생 자식만을 위해 살아온
눈물로 얼룩진 어머니의 삶 같은 인생사를
순리에 순응하는 것이라며 숙명처럼 여기고
삶의 희망으로 찾아올 봄을 기다리며
차디찬 겨울을 버티고 서있다.

가을은 벤치에 앉아 / 김정윤

가지 끝 가을은
밤새 벤치에 내려앉아
바람과 이야기 하고 있다

계절의 길목에서
나목의 슬픈 이별을 불러준
철새의 마지막
가을의 노래를 들으며

누군가 앉았던 자리에서
수없이 지나간
그 숱한 삶의 희비(喜悲)를
이야기 하고 있다

어디로 갈까
돌아올 수 없는 어느 곳에서
또 다른 시작을 위해
몸을 사르는 가을은

밤새 벤치에 내려앉아
달그락 달그락
바람과 그 누군가 했던
지난날 이야기
계절의 회귀(回歸)를 이야기 하고 있다.

슬프지 않은 이유 / 김정윤

내가 슬프지 않은 것은
청실홍실 맺어진
당신이 내 옆에 있기 때문입니다

내가 아직 슬프지 않은 것은
모락모락 하얀 김이 피어오르는
아침 밥상 같은
당신의 해묵은 사랑이 있기 때문입니다

아직 내가 슬프지 않은 것은
당신을 사랑하는 마음이
예나 지금이나
바다 건너 고향으로 가는 마음입니다

그리고
내가 슬프지 않은 것은
새벽하늘 샛별처럼 반짝이는
손주 녀석들의 예쁜 눈빛이 있기 때문입니다

그래서 더욱 행복해지는 것은
아름다운 사랑을 노래하는
詩를 쓰고 있기 때문입니다.

새벽 / 김정윤

어둠은
밤새 삼켜버린 세상을 되새김질하여 토해내고
하늘과 땅 진한 경계의 선(線)을 그리며
되살아 나는 묵빛 세상

삶을 재촉하는 세월의 톱니바퀴는
숨찬 비명을 지르며 바쁜 걸음을 걷는다

여명의 빛이
유령처럼 서 있는 나목의 긴 겨울잠을 깨우고
겨우내 얼어버린 물꼬를 열어
뿌리에서 우듬지까지 꿈을 나르고

꽃샘바람이 할퀴고 간 가지에
꽃망울이 다문 입을 열며
불그레 수줍은 미소로 새벽을 맞는다.

청하 보경사 /김정윤

태풍이 할퀴고 간 자리에 원형 탈모의 상흔들이
진한 아픔으로 다가오는 황금빛 들을 지나
팔만보경을 연못에 묻고 금당을 쌓았다는
천년의 사찰 청하 보경사를 만난다

오랜 세월 사찰을 지켜온 노송들이
세월의 모진 바람에 몸을 뒤틀어
그려낸 한 폭의 산수화를 만나고

삶에 지친 영혼들의 간절한 소망을 담은 돌탑 위에
소원 성취를 바라며
한 조각 마음을 동냥하고
틈새에 부는 바람에 삶의 소리를 듣는다

고개를 들면
병풍처럼 펼쳐진 기암괴석에 뿌리내린 붉은 단풍이
구름 갈피 사이로 유유히 흐르고
내연산자락을 굽이 돌아 쉼 없이 흐르는 계곡의 물소리는
지친 영혼을 씻어주는 맑고 청아한 소리로 들려온다.

달집태우기 / 김정윤

춤을 춘다
머리채를 풀어헤치고
미친 듯 몸을 흔들며 춤추는 여인

바람이 불 때마다
허리를 뒤틀며 하늘로 날아올라
해묵은 액운을 태운다

진한 솔향을 뿌리며
춤추는 여인의 몸속으로 뛰어든 사악한 악귀들이
타는 불꽃에 몸부림치며 토해낸 검은 연기가
긴꼬리를 달고 하늘 높이 날아간다

훨훨 타오르는 불꽃 속에서
벽사진경(壁邪進慶) 사악한 액운들이 쫓겨가고
희망찬 새해의 날이 밝아온다.

황혼 반사경 / 김정윤

숲속의 세레나데가 들려오는 검단마을 동산
백인의 산업 전사들이 탑승한 회사 진입로에
땅속 깊숙이 몸을 숨기고 외롭게 서 있는 반사경
도시의 번잡한 길목 예측불허의 사각지대를 지키며
애환을 조율하는 화려한 삶을 뒤로하고

산 너머 달빛이 초록 잎 사이를 기웃하다
능선에 올라 슬며시 등을 기대며
속살거리는 달빛 사랑에
소리 없이 내리는 밤이슬에 젖는 줄도 모르고
나뭇가지를 흔드는 달빛그림자에 놀라
짖어대는 누렁이 소리에 일상의 고단함을 깨운다

무논에 개구리울음 같은 세상
속절없이 흘러가는 세월 속에서
철새들의 구슬픈 노랫소리를 들으며
묵묵히 황혼의 밤을 지키고 있다.

나이 / 김정윤

말기 암 고통을 참아가며
마지막 남은 삶을
비명 속에서 보내셨던 아버지의 나이

닫힌 요양병원 철문 앞에서
잃어버린 세월의 환영을 쫓아다니며
먹다 남은 어머니의 나이

아픔으로 먹고 서러움에 먹고
어느새 내 나이 칠순

나도 몰래 삼켜버린 세월
돌아보면 아득히 먼 곳에 홀로 앉아
꾸역꾸역 서글픈 나이를 삼킨다

부모님 간병에 세월 놓쳐버린 아내
나이만큼이나 낡은 화장대 앞에 앉아
지워도 지워도 지워지지 않는
골 깊은 주름과 싸우느라 나이를 먹는다.

운명을 타는 노인 / 김정윤

비만의 거대한 몸을 흔들며
유월의 푸른 바람이 분다

땅거미가 내려앉은 놀이터에
불법 체류한 먼지들이 구석구석 몸을 숨기고
불빛 속으로 뛰어든 하루살이의 슬픈 운명을 수습한다.

한바탕 어린 즐거움이 지나간 빈자리에
노인은 그네를 타고 있다

요양원 목에 걸린 울리지 않는 전화기처럼 흔들거리며
지워진 유년의 그리움을 타고
겹겹이 밀려오는 외로움을 타고
되돌아오지 않는 세월 속으로 노인은 운명을 타고 있다.

고향(故鄕) / 김정윤

한눈에 들어오지 않는 넓고 넓은 바다
세월의 풍화에 갈라진 돌산
틈새의 고독이 마음속 공허함을 자아내는 섬

조상의 살과 뼈를 묻고 어머니의 혼을 담은 곳
언제 돌아올까
기다림에 얼룩진 투막집 사랑방
까맣게 탈색한 비워둔 자리
유년의 그리움이 묻어나는 곳

가마솥 사랑 찾아
먼 길 돌아 투막집 벽을 잡고
명치끝에 걸린 세월의 서러움을 토해내는 곳
어머니의 따뜻한 손길이 느껴지는 고향(故鄕) 울릉도.

시인 김혜정

프로필

2004년 대한문학세계 시 부문 등단
사)창작문학예술인협의회 부이사장
대한창작문예대학 지도 교수
시낭송가 인증서 취득
명인명시 특선시인선 외 다수 공저

〈저서〉
제1시집 "어떤 모퉁이를 돌다"
제2시집 "면, 그래서 더 먼"
제3시집 "돌아보는 시선 끝에는"

시작노트

시끄럽고 성가시던 매미 소리도
꿈결에서는 정겨운 자장가 소리로 들리고
서걱서걱 대숲을 흔드는 바람에서는
엄마의 사랑 닮은 포근한 향기가 납니다

몽글몽글 피어오르는 환희에
잠에서 깨어보니 아직도
싱그러운 초록 향기 풍겨오는 숲은
꿀처럼 달콤한 엄마의 마음입니다.

시 〈엄마의 마음〉 중에서

목차

시낭송 QR 코드

제 목 : 이별 아닌 이별
시낭송 : 최명자

제3시집 〈돌아보는 시선 끝에는〉

자존심 / 김혜정

나 아닌 타인에게
쉽게 드러낼 수 없는
내 안의 상처로 얼룩진 오만

그로 인해 가끔은
금지된 시간 속을
헤매고 다니는지도 모른다

고독이 고개 들고 있는 언덕
익숙한 두려움으로 미로 속에 갇힌
또 하나의 안타까움을 찾아
햇살 속으로 나오던 날

눈물 같은 자존심이
하늘에서 푸른 빛 영혼으로
뚝뚝 떨어져 내렸다

별 하나의 사랑 / 김혜정

별의 아름다운 속성을 닮아
빛나 보이는 사람들
쉼 없이 아픈 삶 속에서도
은은한 미소를 빛으로 뿌리고
사랑으로 감싸 안는 무한대의 사랑

어둠의 눈동자 속에
사랑의 빛이 스민 별을 담고
별빛의 본질을 닮아
밝은 빛 속에 기지개를 켜는
별 하나의 사랑이였으면 좋겠다.

빛의 소멸이 슬픔을 부르고
핏빛으로 서러울지라도
너와 나의 마음 안에서
별빛으로 태어나 아름다움을 담고
부드러운 포옹으로 서로를 끌어안는
별 하나의 사랑이였으면 좋겠다

엄마의 마음 / 김혜정

한없이 넓은 엄마의 마음을 베고
스르르 잠이 든 여름날
장엄하고 넓은 세상이 꿈속으로 들어와
마냥 행복한 내가 됩니다

시끄럽고 성가시던 매미 소리도
꿈결에서는 정겨운 자장가 소리로 들리고
서걱서걱 대숲을 흔드는 바람에서는
엄마의 사랑 닮은 포근한 향기가 납니다

몽글몽글 피어오르는 환희에
잠에서 깨어보니 아직도
싱그러운 초록 향기 풍겨오는 숲은
꿀처럼 달콤한 엄마의 마음입니다.

가을비 / 김혜정

짙은 어둠이 세상을 덮고
마음 둘 곳 몰라
허우적거리는 발끝에
툭툭 채이는 빗방울들이 낯설다.

애써 외면한 채
고개 들어 바라보는 어둠의 끝에는
내 가슴 깊은 곳 서글픔 아는 듯
눈물이 초라한 눈빛을 세우고 있다

내 마음의 색깔 / 김혜정

당신을 그리는
내 마음의 색깔은 노랑입니다

누군가 왜냐고 묻는다면
노랑을 좋아하는 당신이
내 마음에도 노랗게 물들어 있기
때문이라고 말하겠습니다

너는 알까 / 김혜정

세상 밖으로 너를 보내고
내 안에선 차마 너를 놓지 못해
별이 내린 거리를 홀로 걷는다

슬픔으로 뚝뚝 떨어져 내린 별은
발아래 눈물로 방황하고
후미진 담장 옆 쓸쓸히 선 가로등
별 따라 흐르는 내 아픔 아는 듯
소리 없이 흔들린다

눈물 꽃으로 시든 사랑
착각 속에서나마 행복했다
말하고 싶은 것은
한없이 초라해진 마음
더 이상 고통으로 놓아
숨 쉴 수 없음이란 것을
너는 알까

기다림 / 김혜정

누군가를 기다리는 일은
애틋한 그리움이다

촉각을 세우고
하늘바라기 하는 것이다

아프다 / 김혜정

네 탓도
그 누구의 탓도 아닌
오롯이 내 탓으로
아프다

붉어가는 단풍 속에
내 마음도 그렇게
붉은 속앓이를 한다

천상의 연인 / 김혜정

한줄기 투명한 빛으로 떠오르는
명징한 별빛에 환한 웃음을 담고
당신이 있는 하늘 별집을 찾아갑니다

천년의 세월을 넘나들어도
변하지 않을 당신과 나의 사랑이
온전히 하나 되어
푸른 별빛으로 반짝이는 천상의 나라

빛의 결정체인 은하수를 걸어
잠잠한 하늘 호수 안에서
당신과 내가 함께 잠들 수 있도록
당신의 별집에 은은한 국화꽃 향기 피웁니다

이별 아닌 이별 / 김혜정

세월이 흘러가도 잊히지 않을
그리운 이름 하나
오늘도 바람결에 담겨오는 질긴 인연
가슴으로 움켜쥐고 멍울진 눈물 속에
미련 섞인 투정을 담습니다

한 마리 길 잃은 새처럼
세상을 향해 떠도는
아물지 않은 상처는
지친 날갯짓으로 슬프지만
누더기 같은 망토 자락에
셋방살이하듯 소망을 걸칩니다

바람 찬 날 낮은 언덕에 올라
그리움의 허리 서럽게 껴안고
연둣빛 속에 담긴 창백한 수채화
하늘 끝 시린 푸름에 걸어 두고
이별 아닌 이별의 넋두리 풀어 내립니다

명인명시 특선시인선 2023

시인 김희선

프로필

부산 거주
대한문학세계 시 부문 등단
대한문인협회 부산지회장 역임
(사)창작문학예술인협의회 이사

〈저서〉
시집 "인연의 꽃"

시작노트

침묵의 긴 터널을 지나
이별했던 순간마저도
그리움으로 다가서는
생의 길목에서

하나의 계절이 퇴색되고
또 하나의 계절이
선명한 빛깔로 다가선다

삭막한 이별이 가져다준
끊임없는 갈증은
낡아져 가는 내 빛깔에
연초록 설렘으로 덧칠을 한다

목차

시낭송 QR 코드

제 목 : 인연의 꽃
시낭송 : 김락호

시집 〈인연의 꽃〉

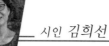

인연의 꽃 / 김희선

연둣빛 원피스를 입고
넓은 세상 속으로
첫발을 내디디던 날

새하얀 찔레꽃 같은
환한 웃음이
걸어둔 빗장 틈새를 비집고
가슴안으로 안겨들었다

끊어내지 못한 꿈은
현실의 벽에 갇혀버리고
초점 잃은 청춘의 꽃은
하염없이 스러져갔다

뜨거운 여름날에도
시린 손발
그대 가슴속에 묻고서야
비로소 단잠을 잘 수 있었다

사시사철 푸른 잎으로
내 곁을 지켜준
그대, 고마워요

그대라는 인연 / 김희선

가깝고도 멀리
무심한 듯
그대라는 이름

단정한 풍모 앞에 서면
한없이 작아져
까닭 없이 초라해지는
내가 있지요

단 한마디 안부조차
금지된 고백 같아서
머뭇거리다
어색하게 내민 차가운 손

나보다 더 소심해진 눈빛
봄볕같이 가슴 따뜻한
그대가 있어

이 차가운 침묵의 계절에도
온기를 품고, 꿈을 꾸는
내가 있지요

2월의 고백 / 김희선

선명한 빛깔을 원하지만
겨울도 봄도 아닌 것이
혼란스러운 모습이다

꽉 찬 완벽함은
머지않아 싫증이 나지만
비어 있는 곳은
채우고 싶은 갈증이 있다

사랑하는 마음이 더할수록
조금은 남겨두는 여유를 갖자

진실은 주머니 속의 송곳처럼
언젠가는 밖으로 드러나듯이
애써 목소리 높이지 않아도
미덕일 때가 있다

돋보이지 않아도
꼭 필요한 자리에 알맞은 너라서
더 사랑스럽다

비어 있는 방 / 김희선

언제부터였던가
내 속에
휑하니 바람이 들었다

텅 빈 서늘함에 진저리치며
부대끼다 생채기가 쓰라려도
사람의 온기로만 채우려고 했던
아둔함을 답습하곤 했었다

졸지에 참담한 현실 앞에
일상이 무너져 내리고

그다지 희망적이지도
끝이 보이지도 않는 불확실한 시대
무딘 칼날 하나
갈고닦으며
사계를 건너는 연습 중이다

이방인 / 김희선

그대 불안한 눈빛 속에
아직 봄은 멀리 있고

내 영혼의 소리도
메마른 풀잎에 숨어 울었다

안부가 궁금한 사람도
안부를 묻는 사람도
모두가 날 선 칼바람이다

어제 지나온 길도
오늘 가던 길도
이국의 타인처럼 두렵다

7월의 소망 / 김희선

한여름 정점으로 달리는
흐린 계절 위로
상흔의 그림자가
선명한 포물선을 그린다

나를 송두리째 던져서라도
구원하고 싶었던 시간

남은 희망을 쪼개서라도
단숨에 끊어내고 싶다

7월의 자작나무 숲
그 한가운데 서서
허기진 행복 한 줌 움켜잡고

무뎌진 심장 안에 갇힌
옹이진 이야기라도
살갑게 풀어내고

부디!
더는 아픔 없는 맑은 계절을
간절히 만나고 싶다

나목 / 김희선

축제는 막을 내리고
거리엔
쓸쓸한 바람이 분다

화려했던 무의는
허물을 벗어내듯
미련 없이 떨구어내고

쓰라린 상처가
옹이처럼 무뎌지도록
맨몸으로 찬바람에
맞서야 하는 긴 노정

비워내야 하는 것은
다시 채우기 위한
시린 몸부림

텅 빈 가지 끝에
먼 그리움 하나
아스라이 걸려 있네

생의 법칙 / 김희선

내 탓이라는 절규에
가슴이 사방으로 찢긴다

나로부터 비롯된 생의 연결 고리
내 안에 깊숙이 내재되어 있던
어두운 기운이 분출하여 세상을 지배한다

차가운 계절에 더욱 절실해지는 따뜻함처럼
부족함을 갈구하려는 필연적 이끌림

최고의 정점을 찍고
스스로 쇠퇴해져 가는 것은
순리를 따르는 노련함

가장 낮은 곳이 출발점이 되듯
최악의 순간도 최선을 다했다면
회한이 조금은 덜 남을 것이다

은둔의 시대 / 김희선

지금 우리가 머물러야 할 곳
여기서
걸어왔던 길을 되돌아보는 일도
아득해져

우리가 사랑을 이야기하며
풍요로움을 노래하던 꿈은
무미건조해진 일상에 묻혀

그리움이라 품었던 가슴마저
철저히 가려진 세상에
허기진 영혼을 가두고
시간을 죽이며 애만 태운다

이 지독한 어둠의 장막이 걷히고
우리가 열린 가슴으로 마주할 수 있는
꽃 피는 계절이 다시 온다면

지금 내리는 이 차가운 겨울비도
봄비처럼 포근함으로 맞을 수 있으련만

독백 / 김희선

가슴 안에 출렁이는 물을 담고
평생을 살아가야 하는 운명도 버거운데
차가운 겨울비 대신
차라리 함박눈으로 내린다면
눈부시게 바라봐 줄 수는 있어도

그대가 아무리 뜨거운 열정을 다해
군불을 지핀다 해도
밝게 빛나는 태양을 대신할 수는 없음을

사계의 풍광 속에
세상 풍파 아랑곳없이
절벽을 타고 낙하하는 폭포수처럼
그 수려한 감성에 빠져들고 싶지만

벼랑 끝에 홀로 피어난
외로운 들꽃처럼 척박한 삶일지라도
선명한 나의 길
아직도 다 하지 못한 사명이 있다

시인 김희영

프로필

대한문학세계 시, 수필 부문 등단
(사)창작문학예술인협의회 이사
대한문인협회 서울, 인천지회 정회원
한국문인협회 회원
순우리말 글짓기 대상, 짧은 시 짓기 대상
대한문인협회 한국문학예술인 대상
명인명시 특선시인선 6회 선정

〈저서〉
시집 "시간 속에 갇힌 여백"

시작노트

시리도록 아름다운 나의 계절에
그리운 사람 하나 가슴에 묻어두고
모든 사람은 저마다의 가슴에
길 하나씩을 내고 있습니다
채곡채곡 쌓이는 시간 안에서
주어진 나의 길을 걸어갑니다
영원을 바라보며 케케이 접어둔
아름다운 여백이 내게도 있습니다
시 사랑 음악 사랑과 함께~~~~~

목차

시낭송 QR 코드

제 목 : 새로운 시작을
　　　　해처럼
시낭송 : 박영애

시집 〈시간 속에 갇힌 여백〉

푸른 신호등 (나의 스승님) / 김희영

꽃을 피워야 할 언어가
길을 잃었다.

즐비하게 뿌려놓은 언어의 씨앗은
새하얀 대지에서 길을 잃고
상념의 공간에서
싹도 틔우지 못한 채
빛을 기다리며 시들어 간다

언어의 속살을 추려
토양의 살결에 부드럽게
감싸는 손길 하나
빛을 부르는 주문처럼
언어에 생기를 불어넣고
푸른 신호등 내 가슴에
달아주는 그의 이름은 스승

푸른 빛줄기에
언어는 제각기 다른 모습으로
줄을 이루고
가느다란 진통으로 태어난
고운 이슬 한 방울
망울진 꽃잎에 내려앉아
꽃향기 머금는다.

오늘도
신호등 빛은 깜박이고
여린 손길 하나
방황하는 언어들의 이야기를 들으며
다독이고 추려내며
꽃망울에 향기 불어넣는다.

신호등은 맑고 밝은 빛으로
푸른 미소가 되고
놓지 못하는 따뜻한 손
노년의 느린 심장에
화사한 꽃 한 송이 붉은 사랑으로 핀다.

벚꽃 같은 사랑아 / 김희영

생기도 말라버린 푸석한 봄 여울에
연분홍 그리움 흐드러지게 피고
기나긴 기다림 실은 바람은
오늘도 서녘 하늘에
붉은 구름 꽃으로 핀다.

길고 험난한 여정 끝에
인연이 되고
아름다운 날은 짧았기에
뒤돌아서서 걷는 발걸음마다
미련이 끌리던 그대

주름진 시간의 언덕을 넘어
그리움도 무뎌지는 어제의 그늘 속에
눈물처럼 흩날리던 꽃잎
고독처럼 붉게 물든 눈물
차곡차곡 쌓인 그리움의 꽃무덤
그 안에 남아 있는
그대라는 이름의 사랑

오늘도 그대가 있어
노을로 걷는 발걸음이 가볍다.

대숲에 앉아서 / 김희영

햇빛이 유난히 맑은 날
대나무 숲에 앉아 있으면
모든 것이 선으로 존재하듯
햇살도 직선으로
대숲을 넘나든다

대나무는 곧음을 더하기 위해
하늘 높이 향하며
비어 있음을 숨기고 살고
채우려 하지 않는
의연함으로 서 있다

보이는 사랑보다
보이지 않는 그리움을 키우는
대나무 속 깊은 공간
대숲에 앉으면
채우지 못한 어제의 후회가
오늘을 채우듯
텅 빈 마음을 수직으로 지나는
바람이 보인다

우수(雨水)가 지나고 / 김희영

뼛속까지 파고드는 겨울바람에
마음은 얼어붙었고
호수는 흐르는 법을 잃어버렸다.
봄을 기다리는 마음은
나뭇가지에 오르는
연둣빛 물길을 서성이련만
회색빛으로 뿌연 세상은
색깔을 잃어버렸다.

호수가 비명을 지른다.
봄을 잉태한 바람이
얼어붙은 호수 위에서 화려하게 춤을 추고
갇혔던 봄의 씨앗들이 기지개를 켜며
대지를 가른다.
어둠에 갇혔던 내일이
시린 바람 속에서 깨어나고 있다.

절망의 바닥까지 내려가 본 사람은 안다.
가장 깊고 깊은 어둠 속에서 만난
한 줄기 햇살이 희망이 된다는 것을.
극한의 고독 속에서 만난
무심한 손길도 따뜻하다는 것을.

비가 온다.
꽁꽁 얼어서 굳게 닫힌 마음에
따뜻한 비가 내린다.

내일은 얼었던 대지를 뚫고
봄이 오는 소리를 들어야겠다.

햇살 머문 겨울 창가에서 / 김희영

눈꽃 핀 창문 사이
한 줌의 햇살은
시린 겨울
게으른 긴 그림자로
가슴에 담긴 그리움 하나
창밖을 서성이게 한다.

붉게 타오르는 하늘은
하루를 마감하고
검게 멍든 가슴은
삶을 뒤돌아보건만
잡힐 듯 잡히지 않는
먼 옛이야기 같은 시간의 틈새

바람과 세월 사이에
깊게 묻어둔 꿈은
시간의 더께를 털어내지 못하고
그리움의 경계에서 서성인다.

계절과 시간의 틈새에
눈꽃 사이를 비집고
창문으로 들어온 햇살 한 줌
향기 묻은 커피잔에
회색빛 꽃 그림자를 만든다.

싸늘하게 식은 가슴에
꽃이 피고 있다.

나무리에는 강이 흐른다 / 김희영

강 언덕에 앉아
강물의 노래를 듣는다.
출렁이는 바람결에 그들만의 언어를 속삭이며
밤새 흐르고 흘러 유년의 어느 골목에서
푸념하듯 부르던 노래를 품고
나무리 앞마당에 흐르는 강.

한 발자국 다가서면
한 뼘 다가와 출렁이고
한 발자국 멀어지면
한 뼘 멀어지며 울음 울던
한을 품고 한을 뱉어내는
어머니의 속내를 담은 강은
상처 숨긴 채 울어대는
아낙의 아픔을 노래한다.

강은 흐른다.
어머니의 아픔을 담고
유년의 그리움을 품고
아버지의 고단한 삶을 끌어안은
나무리의 강은
시린 겨울바람을 등지고 봄을 부르며
오늘도 유년의 발자국 곁을 서성인다.

나무리 : 내 고향 옛 동산에서 흘러내리는 강물

희망, 해를 바라보며 / 김희영

노을이 붉게 물들며
잔인하도록 아름다운 것은
어둠이 지나 새로운 날
밝게 빛나기 위함이다.

겨울이 하얗게 퇴색하며
혹독하리만큼 시린 것은
더 화려하고 더욱 향기로운
꽃을 피우기 위함이다.

좁고 어두운 길을 걸을 때
언제나 버팀목이 되어주는 별이
어두울수록 더 빛이 나는 것은
힘겨울수록 희망이
가까이 있기 때문이다.

춥고 어두운 긴 터널도 끝이 있고
아무리 혹독한 추위에도 피는 꽃이 있듯
숨 쉬는 것조차 고통스러운 오늘도
내일이라는 희망은 존재한다.
어둠을 뚫고 바다에서 솟아나는
붉은 해처럼.

봄에 산이 아름다운 이유 / 김희영

회색빛 나뭇가지에
햇살 받은 혈관이
연둣빛으로 물오르거든
산으로 가자
새 생명은
산에서 시작한다.

얼어붙은 계곡
바위 틈새로
가녀린 물소리 들리면
산으로 가자
절망을 뚫는 희망은
계곡물에서 시작한다.

계절마다 새로운 옷으로
우리를 맞이하는 산이건만
봄에 산이 더 아름다운 것은
생의 시작이 산에서부터
오는 까닭이다.
기나긴 어둠을 뚫고
햇살을 맞이하는 것도 산이고
고된 삶을 내려놓고
심호흡 깊게 쉴 수 있는
여유도 산에서부터 시작한다.

봄빛 햇살 가득한 날에
산으로 가자
연둣빛 나뭇가지 사이로 보이는
푸른 바다의 희망찬 속삭임을
가슴으로 보자.

생의 시작은
겨울이 끝난 산에서
흔들리는 가지 사이를 파고드는
바람이 그 씨앗을 심는다.
가자!
산으로 가자.
내일을 잉태한 산으로 가자.

새로운 시작을 해처럼 / 김희영

노을이 빛나는 것은
어두움이 곧 시작되고
밤을 지나 새벽에 돋는 해가
찬란하기를 위한 준비입니다

길고 추운 얼음꽃 피는
계절을 지나 둔덕에 파란 잎새
피어오르는 시절이 오기까지
또 수많은 인내와 오래 참음과
환경들이 지나갑니다

좁고 어두운 길을 통과할 때마다
버팀목이 되어 주는 심장에 묻어둔
홀로 존재하는 별 하나
그 별빛을 따라 좁은 길을 통과합니다

아침 햇살은 빛나게 퍼지고
또 새롭게 시작하는 오늘을 마주하며
새로운 시작을 여는 햇살과 마주합니다

시인 박기만

프로필

전북대학교 졸업, 고려대학교 MBA 수료
2019년 한국문학 올해의 시인상 수상
2016년 한국문학 향토 문학상 수상
명인명시 특선시인선 6회 선정
(사)창작문학예술인협의회 회원

시작노트

한 편의 소설같이
어쩌면 영화같이
나에게 다가왔다.
이런저런 착상들의 노래이다
화려하게 포장한 것은 아니다.
오랫동안 심혈을 기울여
써 내려간 나름 특별한 편지들이다.
어느덧 여섯 번째 당선이다.
이제는 나도 분신 같은 내 책을 내야겠다.
달빛에 젖어 노래해야겠다.

목차

시낭송 QR 코드

제 목 : 2월을 보내며
시낭송 : 박남숙

공저 《2022 명인명시 특선시인선》

2월을 보내며 / 박기만

봄이야
기다리지 않아도
때가 되면 찾아오지만
지나간 내 나이는
돌아올 줄 모르고

오늘도 매화 가지는
힘차게 봄을 밀어 올리는데
헌칠했던 이마에는
세월 자국만 늘어섰다네

앞산 구름은
바람 따라 떠돌고
햇살 아래 조는 새는
시간 가는 줄 모르는데

2월 작은달 탓하는
게으른 녀석
해 놓은 일 없다며
한숨부터 쉰다네

별빛을 맞으며 / 박기만

어두운 밤
귀뚜라미 풀벌레 소리
정적을 깨트릴 때
별빛이 바람에 스친다

별 하나 별 둘
얼굴을 내보이며
어두운 밤 밝혀주는 향기 되어
내 맘에 비추는 등불이어라

외로운 밤이면 창가에
한 송이 꽃으로 피어난
여인의 눈빛 같아
입가엔 엷은 미소를 띠며

빛바랜 지난 추억들이
때론 이런 기억들이
흔들리는 갈대가 되어
삶을 미소 짓게 한다

커피 향과 함께 / 박기만

오늘처럼
찬 바람이 불어오면
부드러운 헤이즐넛 향이 풍기는
따뜻한 커피를
마시고 싶다

마주 앉아
이야기 나눌 사람 없다고 해도
잔잔히 흐르는 음률에서
그윽한 향 내음은
외로움을 잊게 한다

어쩌면
일상처럼 되어버린 시간
고독에 젖어
오늘도 하루를 연다
커피 향 속에서

고독의 길목에서 / 박기만

비가 내리듯
가슴속 깊은 곳에서
그리움이 흘러내린다

빗줄기 속에서 속삭이는
빗방울 소리이던가
수줍은 기다림이던가

사랑은 지독한
고독의 아픔 속에서 조금씩
자리한 그리움으로

봄내 애틋한 어린 싹이
어느새 우뚝 커버린 죽순처럼
그렇게 장승 되어

흐르는 빗물 속에
애처롭고 애처로워
눈물 감추네!

억새 / 박기만

해 질 무렵에
황혼 속 억새밭을 거닐면
바람에 반짝이는 은빛 물결

날마다 구름과 벗하며
바다가 그리워 울고 있음을...

바람이 지나간 자리마다
구름이 토해낸 자리마다
서러움에 울음소리 끊이지 않음은
아무도 모를 거예요

바람에 흔들리는 은빛 눈물
귀 기울여 가만히 들어보아요
은빛 눈물에 촉촉이 젖어
가슴 아린 슬픔 위로받을 거예요

봄 / 박기만

봄은
지금 서서히 다가오고 있다
봄의 서곡을 부르지 않아도
애타게 기다리지 않아도
조용히 찾아온다

긴 동면에서 깨어난 씨앗들은
누가 가르쳐주지 않아도
대지를 향해 솟아나고

단비가 지나간 자리마다
새싹이 솟아올라
연두색 새 옷으로 갈아입는구나

소생하는 대지의 리듬을 들어보라
희망의 노래가 들리지 않은가
코로나가 세상을 뒤흔들어도
혹독한 고독을 견디어 내며
새봄으로 물들게 노래한다

경이로운 세상 새날이여
모든 게 아름다워라
하늘도 산도
높이 나는 새처럼

가을엔 / 박기만

오색 단풍으로 어우러져
아름다움을 뽐내던 가을도
나뭇잎 떨어지는 소리에
아쉬움을 뒤로한 채 떠나간다

탈색되어 떨어지는 낙엽
형형색색 숱한 사연은
이리저리 뒹굴면서
변치 않는 상념이 되리라

그렇게 덧없이 떠나가니
쳇바퀴 도는 삶일지라도
정겨운 사람들과 함께라면
나도 떠나고 싶다
이 가을엔...

그리움 가득 채워 / 박기만

보고 싶어
외로움을 붙이면
그리움이 되고

그리움에
쓸쓸함이 붙이면
고독이 되지

그리움과
고독이 쌓이면
사랑을 느끼게 되어

사랑하는 임을
차 한잔으로
느낄 수 있고

차 향기 속에서
그리움이 피어나
행복을 느끼는 날

한잔의 찻잔 속에
정을 담아
혼자서 속삭이고

그 속삭임 속에
그리움 가득 채워
그윽한 향기로 마신다

단풍 / 박기만

계절의 시간은
가을로
가을로
그렇게 물들어 가면

사랑은
그리움 그리움으로
붉게
물들어 가겠지

내가 그대 마음에
노랗게 물들고
그대가 내 마음에
붉게 물들면

붉은 단풍에 노란 은행잎
함께 어우러져
가을의 갈색 바람
곱게 물들어 오시겠지

소천 / 박기만

얼마 전까지 젊음을 자랑했었는데
무엇이 그리 급했는지
가족들에게도 알리지 않고
조용히 혼자서 떠났다

가시는 길이 얼마나 멀기에
남들 일어나가도 전 새벽녘
동트기가 무섭게 떠났다

그래 가시는 길
여비라도 하시라고 노잣돈이라도
넉넉히 챙겨드려야 했는데
다가올 겨울에 춥지 말라고
두툼한 내의라도 챙겨드려야 했는데

행여 부담이라도 줄까 봐
누구라도 볼세라
아무에게도 알리지 않고
묵묵히 혼자서 떠났다

그래도 먼저 간 친구들이 있기에
외롭지는 않을 터이지만
그곳은 이곳보다야 살기가 좋을 것이야
하나님이 계시는 곳이기에
사철 봄날의 천국이려니

poem art

명인명시 특선시인선 2023

시인 박기숙

프로필

서울 베뢰아국제대학원대학교 베뢰아 본강 수료
전) 영어, 음악 교사 역임
대한문인협회 올해의 작가상
대한문인협회 향토문학상
좋은문협 작가상

〈저서〉
시집 "기다림이 머문 자리"

시작노트

시인의 노래

시인은 노래한다

삼라만상을 환희로
춤추게 하는 시인의 노래여!

그대의 향기는 온세상에
사랑의 열매와 진리의 금자탑을 세운다.

목차

시낭송 QR 코드

제 목 : 사랑하는 음악
회원 여러분
시낭송 : 최명자

시집 〈기다림이 머문 자리〉

하늘의 별이 된 향이에게 / 박기숙

저 높고 푸른 하늘에 별이 된
내 동생 향이야

날씨가 추워지는구나
오늘은 네 생각이 나서
눈물이 난다

저 높은 하나님의 나라에서
하나님의 가호를 받으며 잘 있겠지

너와의 이별도 3년이 흘러갔구나
추억만이 새록새록 솟아난다

아! 그립고 보고픈 사랑하는 동생아
언젠가는 만날 거야 기다려

어머니 일찍 돌아가셔서
내가 너를 업고 키웠지

앉으나 서나 너의 예쁜 재롱에
언니는 힘든 줄도 몰랐단다

지금도 언니를 부르는 너의
목소리가 들리는 듯하구나

그리운 내 동생 향이야!
언니는 너를 위해
오늘도 기도하고 있단다.

사랑하는 음악 회원 여러분 / 박기숙

오소서! 나의 사랑하는 고운 님들

오늘은 회원님들과 식사도 하고 함께 노래도 불렀다

휘황찬란한 무대가 아니더라도
우리 회원님들과의 추억은 어느덧 4년이라는 세월이 흘러갔다

피 한 방울 안 섞인 지인들이지만
서로 반겨주고 토닥토닥 아껴주는 데는
절로 고개가 숙여진다

언제까지나 변하지 않는 우리들의 끈끈한 우정이
항상 뜨겁게 불꽃 같은 사랑으로 이어지기를 간구한다

사랑하는 음악회원님들
만수무강을 기도합니다.

그대에게 / 박기숙

오늘 그대가 보고 싶어
방문하였습니다

말없이 누워 있는 그대
3일 전에 꿈에 나타나셨지요

무슨 할 말이 많은가요
아무 걱정하지 마세요

두 아들과 함께 이승에서
잘 있답니다

저승에서 당신이 항상 돌봐주고 자식 걱정에
기도를 많이 하고 계시리라 확신하고 있어요

그러나 걱정하지 마세요
이 세상에서 가장 불쌍한 사람이 죽은 사람이랍니다

죽은 사람은 말이 없기 때문이지요

항상 남을 위해 살고 나보다 더
남을 사랑하고 아껴주는 겸손하고 착한 그대이기에
이 세상에 없는 당신을 그리워합니다

그리운 그대여! 평안하소서!

가을 풍경 / 박기숙

아! 가을이 왔구나!

만고강산에 울긋불긋 곱게도
치장하여 눈이 부시도다

아이야! 목동아!
어서 함께 일어나 손잡고
단풍놀이나 가자꾸나.

밝은 햇빛에 빛나는 저 가을의 꽃동산으로

낙엽 밟기가 애처롭다
낙엽이 울지나 않을까

가을 풍경에 내 마음 나도 모르게
구르몽의 시가 생각나서 *낙엽*이라는 시 한 구절을
읊어 보련다

"시몬, 너는 좋으냐?
낙엽 밟는 발자국 소리가?"

"낙엽은 이끼와 돌과 지름길을
덮고 있다"

노래자랑 / 박기숙

경사 났네 우리 동네 밴드가 신나게 울리고
사람들이 우왕좌왕 야단법석을 떤다

특히 아이들이 좋아서 가로로
뛰고 세로로 뛴다

우리 동네 공원에서 노래자랑을 한단다
우리 음악 회원들은 노래자랑에 나가란다

잘하지는 못하지만, 예전에 KBS와 SBS서울방송에 나가서
1차는 합격했는데 2차에서 떨어졌다

지나간 추억을 생각하며 한번 출전하려다가
시간이 너무 늦어서 포기를 했다

회원님들은 적극적으로 추천했지만
다음을 기약하고 집으로 돌아왔다.

아! 옛날이여! / 박기숙

어린 시절의 여중 시절로
필름을 돌려 봐야지

젊음이 차고 넘치고 활기찬 성격에
여행 가는 것을 무척 좋아했다

경주 수학여행이라니
우리는 함께 기차를 타고 숙소를 정하고

밤에는 잠도 안 자고 손뼉 치며
소리소리 지르며 노래하고 신나게 놀았다
선생님께서 오셔서 "제발 잠 좀 자자"라고 말씀하신다

우리들은 아랑곳하지 않고
고래고래 손뼉 치며 노래한다

나중에는 선생님이 오셔서 함께 노래하시고
다음 타자로 저를 지명하셔서 열창한 기억이 난다

지금 우리 선생님께서는 살아 계실까?
너무너무 보고 싶다
선생님! 너무너무 그리워요.

나팔꽃 / 박기숙

아침에 피었다가 저녁에 지고 마는 새빨간 나팔꽃이
우리 집 대문을 황홀하게 장식한다

씨도 뿌리지 않았는데
어떻게 기어 왔나 날아왔나?

담벼락에 손도 없이 발도 없이
빨간 정원을 만들었구나

한없이 피고 지는 새빨간 나팔꽃 무슨 사연이 있어서
우리 집 대문에 피었을까

우리 집 농장 길가에도 빨간 립스틱 같은
나팔꽃이 방긋 미소 짓는다

이곳에서 씨가 옮겨져서
우리 집까지 멀리 여행을 왔는가보다

이유야 어떠하든 아침마다
나팔꽃을 보니 너무너무 기쁘다.

가을의 한복판에서 / 박기숙

이제 가을도 저만치서 임 찾아가려는 듯 낙엽과 함께 멀리 떠나려는 듯
대지 위를 쓸쓸하게 그림을 그려가고 있다

낙엽이 혼자 외롭게 뒹굴며
바람에 실려 흔들리며 어디론가 사라져 간다

낙엽 밟는 소리에서 여자의 치맛자락 끌리는 소리가 난다고
프랑스 시인 *구르몽*은 표현하고 있다

우리네 인생의 가는 길이
낙엽과 그 무엇이 다르랴
짓밟혀도 아무 소리 못하는 낙엽과 그 무엇이 다르리오.

사랑하는 두 아들아! / 박기숙

우리네 인생의 가는 길이
너무나도 빠르구나

아직도 할 일이 너무 많은데 인생 열차는 초침과 분침을
초월해서 빛의 속도처럼 미지의 세계를 향해 정처 없이
달리고 있구나

사랑하는 나의 두 아들아 어서 너희들의 짝을 찾아가야 할 텐데
이제는 어머니의 품이 아니라 너희들을 사랑하고 아껴주는
반려자를 찾아야 할 텐데 실은 나도 겉으로 내색은 안 하지만

너의 둘이 걱정이 된다는 말을 이제 내가 말하면
무슨 소용이 있겠느냐

좋은 배필을 얻기를 바란다
일생일대의 반려자, 신중하게
얻어서 행복한 인생을 꽃피우기를 바란다.

10월의 기도 / 박기숙

단풍잎이 울긋불긋 찬란하게
온 세상을 뒤덮고 있는 이 가을에

하나님의 따뜻하신
사랑과 은혜가 풍성하게 차고 넘치는

아름다운 세상이 되도록 물심양면으로 구원의
손길로 도와주옵소서

아직도 코로나가 완전히 사라지질 않아서
전 세계인이 불안에 떨고 있습니다

이 지구상에 모든 악행을 저지르는 사람이 없도록 하시고

전쟁이 발발하지 않도록 하시며 모든 인류를

질병에서 구원해 주시고
참 인류의 삶을 살도록 영광 주옵소서!

간구하오며 두 손 모아 사랑의 기도 하옵니다. ★ 아멘★

시인 박영애

프로필

대한문학세계 시 부문 등단
(사)창작문학예술인협의회 부이사장
대한문인협회 부회장
대한창작문예대학 시창작과 지도교수
시낭송 교육 지도교수, 대한문학세계 심사위원
대한시낭송가협회 명예회장
문화예술 종합방송 아트TV '명인명시를 찾아서' MC

시낭송 모음 11집 "명시 가슴에 스미다" 외 다수

시작노트

감기 / 박영애

보이지 않게 조금씩 조금씩
감기 바이러스가 녹아들다
한순간에 훅 들어오듯
사랑도 그랬다

약을 먹어도 소용이 없고
아플 만큼 아픈 시간이 지나고
기다려야 낫는 감기처럼
이별의 아픔도 그랬다

사랑과 이별은
그렇게 찾아왔다

또 언제 다가올지 모르는 감기처럼.

목차

시낭송 QR 코드

제 목 : 모닝커피 한 잔
시낭송 : 박영애

시낭송 모음 11집 〈명시 가슴에 스미다〉

모닝커피 한 잔 / 박영애

아침 커피 한 잔 속에
세상사 이야기 다 담아있다

커피 향이 은은하게 퍼지면
이야기보따리 풀어내고
기분에 따라 커피 향이 달라진다

누군가는 달달하며 부드럽고
누군가는 씁쓸하고 텁텁할 수 있지만
그 한 잔 속에
삶의 희로애락 다 녹아있다

커피 한 모금으로
지난 밤사이 불편했던 마음을 마셔 버리고
또 한 모금으로
사랑할 수 있는 마음을 마신다

진한 커피 한 잔 속에
하루를 살아갈 수 있는 희망을 담는다.

민들레 날다 / 박영애

흰 이불을 덮고 잠자던
노란 꽃잎이 이불 사이로
얼굴을 내밀었다

잠에서 깨어난 자그마한 꽃잎은
노란색 꽃도 되고
하얀 솜사탕도 되다
구름처럼 피어 날린다

솜털처럼 여린 사랑을
하얀 그리움의 사랑으로
바람이 실어 나르면
내 마음도 덩달아
사랑을 실어 나른다.

나를 돌아보며 / 박영애

길을 걷다가 땅에게 묻는다
넌 누구니?
말없이 나를 받쳐주던 그가
내게 말한다
그런 넌 누구니?

창문너머 들어오는 바람에게 묻는다
넌 누구니?
가만히 나를 감싸 안던 그가
내게 말한다
그런 넌 누구니?

밤하늘의 수많은 별들에게 묻는다
넌 누구니?
삶의 방향을 말없이 가리키던 그가
내게 말한다
그런 넌 누구니?

되돌아온 그들의 질문에
난 얼굴 붉히고
아무 말도 못한 채
약속 하나 남겼다

내가 누군지 삶을 돌아본 후에 대답하겠다고.

만남 / 박영애

처음엔
그냥 무덤덤했습니다

두 번짼
그의 말에 귀를 기울였습니다

세 번짼
한 번 더 웃었습니다

네 번째 보았을 땐
그가 내 눈에 들어왔습니다

다섯 번째 만났을 땐
내 마음에 자리하고 있었습니다

생각만 해도
가슴 떨리는 그대입니다.

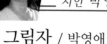
그림자 / 박영애

사랑과 미움이 함께 공존하듯이
내 삶의 일부가 되어 어디를 가든 함께하는 너

그늘진 유혹의 손길 살며시 다가오면
조금의 망설임도 없이 너의 존재를 버려야 하지만
감출 수 없는 나의 모습을 하고 늘 따라다닌다

아무리 많은 사람에게 밟히어도
아프다는 소리 한 번 내지 않고
묵묵히 외길을 가는 너의 존재는
혼탁하고 어지러운 세상에서 살아가는 나를
뒤돌아보지 말라한다.

농부, 까치밥주다 / 박영애

들판 위에 곱게 펼쳐져
멋스러움을 자랑하던 벼들도
어느새 바닥에 누워 흰옷으로 단장하면
울긋불긋 익어가는 가을은 겨울을 준비한다

감나무는 주렁주렁 달고 있던 청춘을
하나, 둘 세월에 떨구며
덩그러니 까치밥만 남긴 채
갈잎에 옷을 갈아입고
일광욕에 취한 곶감으로 내어준다

농부들의 쉼 없이 움직이는 몸짓 속에
한숨과 웃음이 묻어나는 땀의 열매가 곳간을 채우면
소나무 껍질 같은 농부의 손은 쉬지 않고
누군가를 위해 아궁이에 불을 지핀다.

시인 백승운

프로필

현재 알에스오토메이션(주) 전략영업팀 이사 재직
대한문학세계 시 부문 등단
(사)창작문학예술인협의회 회원
대한문인협회 서울지회 사무국장
2019년, 2021년 지하철 승강장
　　　　　안전문게시용 시 공모전 당선
2020년 명인명시 특선시인선 선정
2019년 위대한 한국인 대상 수상

시작노트

봄 향기로 다가온 세상엔
사랑할 게 너무 많다

누군가 너무 그리워질 때
허물어진 초가집 세월만 쌓여
그리움도 가슴 저미는 사랑인 것

꽃 피고 지고
바람꽃 웃음에 라일락 필 때면
빛바랜 사진첩에서 여름을 꺼내 보고

배시시 웃으며
얼굴 붉혀 고백하는 너에게
사랑한다

마음마저 곱게 물들어
끝없는 행복의 길
성큼성큼 따라갑니다.

시낭송 QR 코드

제　목 : 누군가 너무
　　　　그리워질 때
시낭송 : 조한직

공저 《2022 명인명시 특선시인선》

그리움도 사랑이다 / 백승운

내 그리움은
바늘방석 위에 앉은 것처럼
한순간도 비워지지 않는 마음으로
그대를 생각합니다

눈으로 그리고
마음으로 보듬으며
가슴으로 열망하는 보고픔
끝없는 정신의 지배

그리움의 깊이는
내가 그대를 얼마나 사랑하는지
사랑하는 만큼 크지는
무한 블랙홀

사랑은
만나서 그리움을 풀어놓고
헤어지면 다시 그리움으로 채워내는
무한 반복의 마음인가 봅니다.

누군가 너무 그리워질 때 / 백승운

누군가 너무 그리워질 때
어둠도 하얗게 밝혀
눈앞에 반짝이는 반딧불
상상의 춤을 춥니다

누군가 너무 그리워질 때
허물어진 초가집 세월만 쌓여
무너진 대들보 갈라진 마음으로
어느 곳에서 서성이는지

마음을 보낸다고 다 받아 준다면
피 튀기는 검투사
죽음의 결투 난무하고
이런 그리움 없었겠지만

받아주지 않는 마음
이해한다는 거짓 몸짓으로
이미 마음은 나를 떠나
그대의 그림자 뒤에서 서성이는데

그리움을 가질 수 있다는
행복한 상상으로
저만큼이나 앞서가는 마음
오늘도 열심히 따라갑니다.

바람꽃 웃음 / 백승운

기다리는 가슴
얼었다 녹았다 하며
실금이 가고

땅도 얼었다 녹아서
질퍽해지면

햇빛의 속삭임에
부시시 일어나

봄이 왔다고
동네방네 소문내는

바람꽃 웃음에
봄이 피어납니다.

냉이 / 백승운

대어를 낚은 강태공
꾹 찍어 그녀를 낚아채면
푸드덕이며 반항하는 물고기
앙탈을 떨고
흙투성이 겹겹이 옷을 벗는다

그녀의 희멀건 다리는
백만 불짜리 다리
쓱쓱 손으로 문지르면
뽀얀 속살 탱글탱글 일어서고
손끝에서 떨림의 전율

여기저기 퍼져있는 봄
한소끔 맛있게 담아내면
퍼져나가는 향기에 취하고
입에서 꿀꺽 침이 고여
혀끝에서 살살 춤을 춘다.

라일락 필 때면 / 백승운

참 이 아가씨
욕심도 많다

눈으로 한번
코로 한번

유혹의 몸짓
휘몰아치면

화려한 꽃들은
그냥 스쳐 간 인연

콩깍지 씌워져
너만 보이니

이제 청혼이나
해보렵니다.

빛바랜 사진 / 백승운

지나버린 시간이
추억이라고 생각하니
참 아프다

지나버린 추억들이
변해버린 모습들에서
찾아내니 참 그립다

추억이란 시간 위에 쌓인
현실에 허물어진 나를
보는 것 같아 가슴이 시리다.

여름이 가나 봅니다 / 백승운

날씨가 참 무섭게 더웠고
긴 장맛비에 젖어 있던 대지가
힘없이 쓰러졌습니다

입추와 처서가 지난
달들의 시간
여름의 종착역 저만치에서 다가오니

폭염 속의 소나기처럼
간간이 지나가는 그리움
스멀스멀 기어 나와 주저앉고

맹렬한 기다림의 표출
매미 소리도 뚝뚝 끊어져
김빠진 청량음료처럼 밋밋한데

응달진 풀잎 사이 긴 여운의
풀벌레 소리
간질간질 환청으로 들려오니

여름이 가을을
살짝살짝 오라고
손짓하며 곤히 누우려 합니다.

가을아 / 백승운

너에 대한 사랑이
나뭇잎 끝에서
자신 없이 말라가는데

언제 왔는지
아름다운 얼굴로
배시시 웃으며

사랑한다.
얼굴 붉혀 고백하는 너에게
꺾여진 자신감 벼려두고

마음마저 곱게 물들어
끝없는 행복의 길
성큼성큼 따라갑니다.

꽃 피고 지고 / 백승운

나는 참 행복합니다

기다림의 조바심이 녹아내리면
그녀는 하얀 치아를 드러내고
환하게 웃으며 가슴으로 안겨 오고

바람 불고 햇빛 좋은 날
터져버린 가슴으로
커피 한잔 마시는 여유
꿈꾸는 행복이 눈부시며

눈물 같은 아쉬움으로
쏟아내는 애정에 시간이 멈춰질까
흔들리는 여심 무심히 떨어지고
행복했다는 축복 흩날려

한 잎 두 잎 발아래 머물며
가지 못하게 잡아보고
짧은 만남 탄식도 하지만
좋은 것과 행복했다는 것만 기억하며

그녀는 올 때처럼
한순간 꿈인 양 그렇게 사라져
마음속에 웃음 하나 남기고
짧은 윙크 하며 떠나갑니다.

까치밥 / 백승운

하얗게 눈이 내린 가지위에
잘 익은 홍시가 볼 빨갛게
등불이 되어 유혹합니다

넉넉한 살림이 아니어도
훈훈한 나눔으로 자연과 공생하며
살아오신 지혜로운 순리들

달달한 꿀물 같은 아침이
생각나면 푸드덕 날아와
깨작깨작 울어주고 까딱까딱 이면

반가운 소식 올까 하는
그리움의 희망으로 기분 좋아지는 아침
그리도 깍 깍깍 소리가 반가울 수가

하나를 주고 몇 번이나
기분 좋아지는 까치밥
오늘은 어떤 소식을 가져다줄지

얼굴에 피어난 엷은 미소
감나무를 쳐다보시는 어머님 눈엔
그리움이 희망으로 반짝입니다.

시인 사방천

프로필

대한문학세계 시 부문 등단
대한문인협회 경기지회 정회원
(사)창작문학예술인협의회 회원
양평문화원 정회원
2019년 한국문학 올해의 작가상 수상 외

〈저서〉
제1시집 "세월 잘못 만나"
제2시집 "풍류"
제3시집 "인내와 노력 하면 꿈은 이루어진다"

시작노트

봄이 오면
죽은 나무 꽃피고
파릇파릇 잎 돋아나
생기가 감돌아 좋은 계절이다

여름 되면
녹음방초 신록이 무성하고
푸른 향기 풍겨 오면
청춘은 즐거움을 더해준다

시 〈사계절〉 중에서

목차

시낭송 QR 코드

제 목 : 사계절
시낭송 : 장화순

제3시집 〈인내와 노력하면 꿈은 이루어진다〉

노력 없는 대가는 없다 / 사방천

우리 모두 오늘만 생각 말고
내일을 보고 살아가자
옛말의 화무십일홍이라
열흘 붉은 꽃이 없고
달도 차면 기운다는 말같이
청춘은 늙지 않는 법이 없습니다.

그리고 봄 밭에 씨앗을 심지 않으면
가을에 거둘 것이 없다는 말이 있지요
그러니 젊어 고생이 되어도
자손을 낳아 길러야
노후에 행복이 옵니다

지금 젊은이들은
오늘만 생각하며 결혼도 안하고
결혼해도 자식을 많이 안 낳으면
황혼에 외로움이 올 겁니다

현세대는 오직 금전만능 주의
돈이면 다 해결된다는 이기주의 생각
금전만능 주의는 일시적인 생각
나만 편하면 된다는 생각
돈이란 있다가도 없는 것이고
자식이 많으면 그 자식이 뒤를
이어가고 노년에 기둥이 됩니다

이 세상 모든 것은 노력 없이
이루어지는 것은 없습니다.

만고강산 / 사방천

신구산천 춘삼월에
청산이 춤을 추고
소쩍새 울음소리 메아리가
지천을 울리며 만물이 소생한다

농촌 마을 강남 갔던 제비 돌아와
이집 저집 문안 인사 올리며
비었던 집 청소하고
신혼살림 준비하며
마을에 희망과 축복을 기원한다

들에는 농부들의 웃음소리
바라보던 뻐꾹새 봄 노래 부르면
농부의 밭갈이하는 구성진 소리
앞마당 뛰어노는 아이들 웃음꽃 피고
송아지 어미 부르며 생동감이 감돌면
살기 좋은 농촌 마을 희망이 솟는다.

세계는 남북통일을 염원한다 / 사방천

세습(世襲)적으로 살려 하지 말고
서로 돕고 살면 좋을 것을
세습 정권으로 국민은 못살고
권력자만 살려고 핵무기 만들어
세계를 공포에 몰고 가면
그 정권이 영생 불망할까

세상은 혼자는 못사는 것이니
하루빨리 세습적 꿈 깨어
넓은 세상을 바라보고
어진 국민과 동조하여 살아야 한다

지상의 생물은 서로 의지하고 살아야지
독불 정권은 없는 것이다

하루빨리 자만과 허세 집어치우고
하루라도 마음 편히 서로 돕고
살아가는 것이 인간의 도리일 것이다

세계가 도우려 할 때
마음을 열지 않고
망상으로 가면
바위에 계란 던지는 격이니
깊이 생각하고 반성하여
세계의 평화로운 세상 만들어 가자.

세월 / 사방천

해방되자 6 · 25에 황폐된 세월
가난에 시달리며 살아오신 어머님
어린 자식들을 위해
봄이면 초근목피로
자식들 배불리 먹이려고
고생하시던 그 세월 어머님

밤잠을 설치시며
입던 옷 빨아 떨어진 곳
손질하시느라 지새우시던 어머니
자식들 장성하니 고생만 하시다가
호강 한 번 못 하시고
세월 따라가신 어머님
불초소생 눈물로 불러 봅니다

어머님은 무거운 사기그릇
광주리에 담아 이고
비탈진 산골길 농촌 마을 다니시며 팔면
돈이 없어 콩이나 보리쌀 받아
등에 지고 비탈길에 물 건너면
해는 지고 어두운 밤이 되어
갈팡질팡 정신없이 달려오신다

집에 오시면 된장 풀어 나물죽 끓여
자식들 죽 한 술 더 먹이려고
주린 배 물로 채우시던 어머님
그 시절 어찌 견디어 오셨나요

봄이면 냇물 흐르는 연변에 버들피리
꺾어 불던 그 소리는 고생하시던
어머님의 한이 서린 한숨 소리였소

코스모스 / 사방천

고향길 들어서니
청잣빛 하늘 아래
코스모스 울긋불긋 피어
가을바람에 산들산들
오가는 길손에게 인사를 하니
가을볕에 데어 붉은 잠자리
앉을까 말까

마을 들어서니 초가지붕에
보름달 같은 박들이 주렁주렁
과일나무 과일도 무르익어 가는
풍요롭고 아늑한 고향마을
어머님 품속같이 따듯한 내 고향

억겁 속에 광명의 세월 / 사방천

만년의 세월 수많은 외침 속에
묵묵히 살아온 백의민족
이제야 뿌리내려 만국이 우러러보는
선진국 대열에 올라섰다

무시와 불신 속에 참고 견디어
오늘날에 첨단 기술로 세계가 주목하는
동방의 나라
국민이 모두 이를 악물고 합심하여
으뜸 국가 만들었다

대를 위해 소가 희생되어야
서로의 행복을 누릴 수 있다

앞에 보이는 것만 생각하는
단순한 생각하지 말고
좋고 나쁨을 판단하여
희망이 넘치는 대국으로
설계하여 나가자

언제나 주인공 오려나? / 사방천

희망을 바라고 꾸며놓은 무대가
임자 없어 말도 많고 탈도 많다

언제나 진실한 임을 만나
희망의 꽃 피어 만인의 웃음소리 들어볼까

관객은 많으나 주인공 없어 아우성친다

언제나 주인공 많은 희망의 무대가
웃음꽃 피우고 나무줄기처럼 뻗어
가지마다 맺은 열매가 온 천하에 번성할까

천둥 번개 없이는 주인공이 아니 오시리
하루빨리 개척하여 만인의
소망을 주인공께 전하여
대망에 꿈을 이루어 갑시다.

사계절 / 사방천

봄이 오면
죽은 나무 꽃피고
파릇파릇 잎 돋아나
생기가 감돌아 좋은 계절이다

여름 되면
녹음방초 신록이 무성하고
푸른 향기 풍겨 오면
청춘은 즐거움을 더해준다

가을이 오면
오곡이 무르익어
황금벌판에 가을바람은
추수하는 농부 춤을 추게 하고
웃음꽃이 만발한다

겨울을 맞이하면
오색 단풍 찬바람에
지천을 오가며 백설이 날리면
떨고 있는 앙상한 나무는 봄을 기다린다

인생은 황혼만 향하여
쉬지 않고 달려간다.

초목 같은 인생 / 사방천

봄은 청춘을 시작하여
푸름을 간직하고
아침 이슬에 세수한다

맑은 태양을 맞이하며
하루를 시작하니
이슬은 풀잎에서
굴러 땅속으로 숨어든다

봄은 가고 여름이 찾아들며
나날이 성장하여
지천을 녹색으로 장식하면
늘 청춘인 줄만 알고
세월 따라 달려간다

무심한 세월은 어느덧 흘러
가을바람에
오색 단풍으로 변해가며
조석으로 찬 바람만 몰아친다

차디찬 땅에 누워
하늘을 바라보면
돌고 도는 세월이 야속도 하다

인생도 초목같이 다시 오면 좋으련만
삼라만상이 꿈만 같다.

추풍 한설 / 사방천

휘영청 밝은 달은 가냘프고
앙상한 나뭇가지 바라보니
찬 서리 비바람이 몰아쳐
오들오들 떨며 흐느껴 우는
모습이 참으로 애처롭다

지나간 시간엔 푸른 청춘이었건만
흘러가는 시간과 변하는 세월 따라 오다 보니
부드럽던 몸도 굳어가고
약해가는 마음 어디에 의지할까

찬 서리 비바람의 가는 세월 따라 오다 보니
지나간 세월 찾을 길 없고
기력은 쇠약해지니 찬 서리 비바람에
의지할 곳 없는 겨울이 야속도 하다.

시인 서석노

프로필

서울 거주
대한문학세계 시 부문 등단
(사)창작문학예술인협의회 회원
대한문인협회 서울지회 정회원
2021년 짧은 시 짓기 전국 공모전 동상
2021년 특선시인선 공저
2022년 서울지회 향토문학상 동상

시작노트

지난해 가을 산야를 물들인 황금빛이
잊지 않고 또다시 아름답게 물들고
푸르른 청춘도 녹음도 가을은 오는구나

아직도 감성은 꼿꼿하게 젊음을 지키지만
비껴가지 못할 세월이라면 곱게 받아두자
쉼 없이 흐르는 시상이 새싹 틔우리니

꽃피는 봄 길이나 낙엽 지는 가을 물가에서
작렬하는 여름 햇살이나 한겨울 삭풍에도
감성 담고 삶을 바라보면 시가 되는 것을

오롯이 구하지도 외면하지도 숨기지도 말자
강물처럼 굽이쳐 흐르거나 부딪치거나 머
물며
그냥 세상의 하나가 되어 같이 어울려 보자
마음이 시키는 대로 솔직하게 이야기하며

목차

시낭송 QR 코드

제 목 : 가을날 중년
시낭송 : 최명자

공저 〈2022 명인명시 특선시인선〉

봄날의 만남 / 서석노

남녘에서 밀려오는 작은 아지랑이
이른 봄 숲속 그늘에 나른하게 오르고
봄맞이 기지개 켜는 나무 그늘 사이로
수줍음 머금고 살포시 피어오른 꽃잎이
살랑살랑 봄바람에 작은 꽃잎 흔들며
초록 꽃 받침 덩달아 어깨춤 추임새
분홍빛 볼 언저리 발그레 번져 나며
마주친 해맑은 눈빛이 수줍은
어린 시절 봄날에 숨바꼭질하다
장독대 옆 개나리꽃 더미 속에 숨은
옆집 아이 옥이처럼 고와 가슴이 두근두근

아픈 사랑 / 서석노

쪽빛 바닷가 언덕에서 만난 소녀
반짝이는 눈동자 초롱초롱 꿈을 이야기하고
양 볼은 발그레 앵두 빛 연지 찍고
꽃잎 같은 입술에 입맞춤 하고 싶었지
사뿐한 걸음걸이 춤추는 손사래
밀려오는 싱그러운 달콤한 사랑의 향기
사랑을 보채면 자상한 모성이 되고
사랑이 고프면 은근슬쩍 칭얼대는
바닷가 풀밭 눈감고 적신 입술의 알싸한 향기
문풍지 우는 겨울밤 뜨거운 입김 주고받다
햇살에 밀려 사라지는 여명의 별같이
우리의 사랑 유성처럼 흘러가 버렸나
먹먹한 가슴속 알알한 첫사랑의 아픈 여운

갈증 / 서석노

긴 하루해 노을 속에 잠길 즈음
기지개 켠 눈길 석양에 던지고
나른한 손짓으로 하루일과 닫고

늘어난 인파 사이 네온사인 반짝반짝
해 질 녘 다가오는 텁텁한 갈증을 찾아
못다 한 하루를 되짚어 두리번거리다

쉽사리 씻어지지 않는 하루의 피로를 털려
앞다퉈 선술집 문 밀며 자리 잡아
술 치는 아이 같은 중년들

목젖 길게 들이켜 찌든 피로 씻어내며
전율처럼 짜르르 목 넘김이여
하루의 피로를 술잔에 섞어 씻어 낸다

삶의 무게 / 서석노

나그네처럼 쉼 없이 걸어온 인생 여정
스쳐온 길 되돌아보니 가물거리는 자취들
닳은 신발과 해진 옷은 바꾸면 그만인데
노쇠한 육신은 바꿀 수도 없구나

젊음 넘칠 때는 다 내 것 같은 세상이
등 떠밀며 발길 재촉하는 무정한 시간은
어깨에 진 멍에의 힘겨운 하소연도 외면하고
지친 발걸음에 짓눌려 무감각한 어깻죽지

길모퉁이 돌아서니 또 다른 오르막길
다리부터 전해오는 힘 풀리는 체념에도
허리끈 신발 끈 고쳐 매고 지친 마음 추스르며
마지막 고갯길 되길 바라며 발걸음 내딛고

고개중턱 둔덕에 주저앉아 긴 한숨 몰아쉬며
남은 길 손꼽아 가늠해도 일흔이 코앞이네
저 오르막 끝에는 또 무슨 길이 있을는지
짐 내려놓고 그늘 아래 쉴 곳은 어디쯤일까

청보리 / 서석노

산야의 초록빛 짙게 물들고
맑은 하늘가 뭉게구름 더없이 곱다
산들바람 속에 아이 손잡고 들길 걷는 아낙

길섶에 이팝나무 탐스럽게 꽃피어 내고
아이 눈에 쌀밥인 양 배고프다 울며 보채고
보리 이삭 만져보니 아직은 죽도 못 쑤는 물알
눈물자국 덜 마른 아이 눈이 애잔한데

죽이라도 끓일 보리는 더디도 익어가는구나
망연히 보리밭과 아이 얼굴 번갈아 바라보다
안타까움에 북받쳐 홑적삼 소매 적시며
보리밭 돌아서는 어미 애간장만 타는구나

엄마 보리밥 / 서석노

짧은 여름밤 동트기 전에 달그락달그락
꿈결 속에 들려오는 엄마의 이른 아침
물동이 이고 서너 번 부엌문 넘나들고

매캐한 짚불 연기 자욱이 퍼져 오르면
씻은 보리쌀 무쇠솥에 삶아내고
쌀 한 줌 더 넣고 삶은 보리쌀 되 안치고
타닥타닥 검불 피우고 부지깽이 두어 번 휘젓고
솥 옆구리 줄줄 눈물로 뜸 들이고

쌀밥 골라 할매 밥, 애기 밥 따로 뜨고
휘휘 저어 놋쇠 그릇에 고봉으로 담아내고
대바구니에 삼베 깔아 보리밥 담아 시렁에 걸어두고
애호박 청양고추 된장찌개 부글부글 끓어내고
두리상 둘러앉아 후룩후룩 씹는 둥 삼킨 둥

한낮 땡볕 피해 감나무 그늘 들마루에 점심상 펴고
식은 보리밥에 우물물 떠다 밥 덩이 툭툭 말아
물 반 밥 반 떠 놓고 된장에 고추 찍어 한입 베어 물고
밥상 물린 한낮 마루 그늘에는 아버지 코 고는 소리
미루나무 곁가지 매미 소리 장단 맞추네

아부지 / 서석노

길고 긴 여름 햇살 넘어 붉게 물든 저녁노을
버거운 허리 펴고 지는 하루해 아쉽게 바라보며
도랑물에 구릿빛 목덜미 씻어 하루 마치고

겉보리 몇 가마 소달구지 싣는 마음도 흐뭇하다
저울눈 바라보며 손에 쥐어진 종이돈 다져 쥐고
장마당 구석구석 싸고 고운 옷 고르고 고등어 한 손 싸 들고

코를 자극하는 주막집 돼지고기 굽는 냄새
고기 한 점에 맑은술 당겨도 새끼들 눈에 밟혀
막걸리 한 사발 쭉 들이켜고 김치 씹고 돌아섰지

피할 수 없는 세월 앞에 늙은 몸 드러누워
밝은 햇살 지는 노을에 이슬 마른 눈길 보내고
늙은 몸 고깃국 맑은술도 물 한 모금만도 못하네

어버이 사랑 내리사랑이었던 것을
묏등 어루만지며 끅끅대는 때 늦은 그리움
묏등에 키 자란 잔디에 바람 소리 스쳐 가네

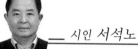
거목 / 서석노

하늬바람에 언 땅 녹으며
여린 싹 거친 땅 뚫고 나와
하릴없이 버티며 다져온 세월

작렬하는 태양과 거친 바람
폭우와 가뭄 속에 뿌리내리고
가지마다 주렁주렁 열매 나누어

셀 수도 없는 지난 푸르른 세월 속에
하나둘 늘어나는 색 바랜 가지 받쳐 들고
두터운 고목 껍질 사이 스치는 바람
우뚝 선 거목에 붉은 노을 곱게 비치면
철새들 쉬어가게 널찍한 가지 내주고
석양의 고목은 말없이 자리 지키네

가을날 중년 / 서석노

연두색 새싹이 꽃보다 더 곱더니
햇살 받은 잎새마다 물기 흠뻑 머금고
푸르름 더하며 요동치는 젊음이여
화사한 꽃술 사이 벌 나비 찾아드네

그리 쉽지 않던 여정과 깊은 고뇌 지나
꽃잎 지고 열매 맺고
고운 단풍 자락 휘감더니
무서리 맞으며 한잎 두잎 떠나가네

거친 껍질 사이 찬바람 스쳐 가고
삭풍이 앙상한 가지 흔들고
늦가을 문턱에 홀로선 나그네여
미련이 남았거든 한바탕 울어보고
고단한 여정 발목 잡아도
때로는 피하고 때로는 툭툭 차버리고
남은 길 미소 가득 머금고 걷자

귀천(歸天) / 서석노

봄 햇살에 화사한 꽃비 흩뿌리는 날
힘겹게 버티던 무명실 같은 삶의 끈 놓으니
아련한 은하수 별빛 속으로 흐르듯 유영하며
홀가분한 빈손 되어 훨훨 나라 하늘길 떠나네

긴 세월 속에 부대낀 육신은 버려두고
어천만사에 찌든 세상사 훌훌 털어버리고
애통해하는 자식들 눈물로 배웅받고
피붙이들 하나하나 석별의 정 나누고
삶의 때 묻은 고향 산천 유유히 들어서니

길고 긴 인생의 여정이 겨우 찰나일 뿐
봄바람에 꽃향기 스쳐 가는 작은 언덕
나른한 영혼 뉘이며 깊은 잠에 빠지고
푸른 밤하늘 귀퉁이 작은 별 하나 뜨네

시인 서준석

프로필

대한문학세계 시 부문 등단
어울림 한 살매 시화전
경기지회 동인 문집 "달빛 드는 창" 공저
2021년 명인명시 특선시인선 선정
2021년 올해의 시인상 수상
2022년 명인명시 특선시인선 선정

시작노트

가을이 익어가고 있다.
나뭇잎들이 노랗고 붉게 때때옷으로 갈아입
어 고운 색을 볼 수 있어 가을이 아름답다.
그래도 흰 머리칼 날리는 억새꽃이 있는
산등성이를 올라가야 완연 가을을 만끽하는
여유로움이 더 커진다.
가을에는 하고 싶은 일이 많이 생긴다.
하고 싶은 일을 한다는 것이야말로 삶의 단
조로움에 활력소가 생긴다.

목차

시낭송 QR 코드

제 목 : 한때기 밭 소동
시낭송 : 김락호

공저 〈2022 명인명시 특선시인선〉

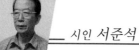

저물어 가는 포구 / 서준석

해 질 녘 모래 위에 찍혀진
무수한 발자국을 지워가던 짜디짠 바람은
그 여인의 머리칼을 파도처럼
풀어헤쳐 놓았고

밤 파도는 불 꺼진 등대가 보이자
커다란 손바닥을 들어
암벽을 무너뜨리듯 후려갈기며
울적한 속내를 심술로 달래고 있다

수평선 보이지 않는 곳까지 나갔다가
새벽에 돌아온 빈 낚싯배는
아무도 보지 않아도 들킨 것처럼
비린내를 한 가닥씩 스멀스멀 풀어 놓고

한나절 빛에 말리어진 은빛 비늘들이
동그란 눈동자를 서로 마주하며
억양 센 사투리 정겨운 수다가
한마디씩 도란도란 갯벌로 잦아들 때

해 넘어간 포구 끝에 걸려있는 선술집
흘러나오는 술잔에 녹은 노랫가락이
곡조를 잃어버린 뒤틀린 가사로
간간히 들리다 멈춰버렸다.

물에 떠도는 마을 / 서준석

호반의 도시로 가는 ITX는
무슨 꿈을 꾸는지
멈추는 곳마다 흰 구름 같은
짐을 한 무더기씩 풀어놓고

기적도 울리지 않고
종이책 페이지 넘기듯
산골짝을 한 장 한 장 넘겨 가며
푸른 깃발 흔들리는 긴 꼬리를 끌고

물항아리 가득 찬 강촌에 들러
세월의 나이만큼 삭아진 목선 뱃전에서
서글픈 물새의 사연을 들어주고
억새꽃 인사를 받으며 전봇대를 세면서 간다.

몇 번을 왔어도 흔적도 남기지 않고 가버린
무수히 지나간 시간 들을 달래려
물안개 피어오르던 소양강에 뜬 조각달이
아물어 가던 상처를 헤집어 내고 있다.

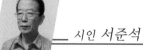

한때기 밭 소동 / 서준석

텃밭을 일군 지 봄이 세 번 지나고
올해는 새로운 식구들이 많이 늘어나면서
앞다투어 잎이 크고 꽃이 피어
하루도 잠잠한 날이 없다

텃밭에 등록이 되기만 하면
저마다 원조라고 우기고 있지만
오이는 모종으로 온 지 얼마 안 됐고
가지는 전입 신고 후 보랏빛 꽃을 뽐내고
고구마는 귀화하여 줄기로 영역을 넓히고
양배추는 상처에 붕대를 감듯
겹겹이 싸매고 누워있고
쑥갓은 휘저어 다니며 냄새를 풍기고
씨를 틔워 싹으로 크는 열무는
토박이라고 날을 세우고 있다

명단에 올라있지도 않은
쇠뜨기와 명아주 개망초는
호미가 잠깐 쉬기만 해도
한 뼘씩 쑥쑥 자라며
수건 쓴 아지매 눈치만 본다.

그 미련 때문에 / 서준석

소복(素服)으로 맵시 있게 차려입고
설렌 미소를 띠고
길섶에 서서

오가는 이의 걸음을 멈추고
뒤돌아보게 하는
하얀 들장미

애끓는 기다림이
얼마나 가슴에 맺혀 있기에
핏빛 가시로 움츠리고

오로지 일편단심
그대를 향한 그리움에
지나가는 미풍에도 귀를 기울이나

쓸쓸한 오뉴월바람에 날리던 꽃잎
물 위를 손에 잡힐 듯 떠돌다가
연잎(蓮葉)에 애타는 눈물 숨기고 있다.

황혼 역(驛) / 서준석

저녁을 눈짓으로 불러들여
바다에 맞닿은 구름에 불을 질러놓고
해안선을 따라 국도로 접어들면
어둠에 물든 검은 모래사장 가운데
오가는 열차는 셀 수 없이 많아도
한 번도 승객이 타고내리지 않는
시간표 없는 정거장이 있다

짐을 가득 짊어진 채 막차를 타겠다고
손사래로 빈 객차를 보내 놓고
입술에 검지를 대고 들었던 이야기들을
바람에 한 토막씩 한 토막씩 날려 버리고

뜨겁게 유혹하는 네온사인 불빛을 피해
깃발이 기둥에 펄럭이는 민박을 찾아
반딧불이 무수히 쏟아지는 천정이 달린 골방에서
밤새도록 로맨틱한 드라마 속을 헤매고 있다.

젖어 내리는 밤 / 서준석

도심 불빛이 멀리 찾아드는 창밖에
소리 없이 빗물이 흘러내리면
어렴풋이 떠오르는 얼룩진 기억들이
아물지 않은 상처 자국으로 남아
비어버린 머릿속에 하나둘씩
뒤엉켜 혼미스러워져 간다

오래도록 미루어 두었던 일을
끄적거리며 정리해가는 동안
어디선가 애끓듯 들리는 트럼펫 음률이
캄캄한 빗줄기 속에 멈춰 서서
홀로 남은 외로운 새가슴에
긴 여운을 남기고 맴돌아

맨발로 비틀거리며 뛰쳐나간
헤드라이트 빛 사라진 포도 위에
일렁거리는 어둠 사이사이로
젖어 내리는 밤비 울적하게 부추기고 있다.

작은 풍경 소리 / 서준석

구름이 여명을 걷어내는 지리산 골짜기
삼라만상으로 고요가 무겁게 드리운 산사 도량
산새 울음을 안고 전해주던 실바람이
잠든 풍경을 조용히 두드려 깨우고

새벽예불이 올려지는 대웅전
법당 밖으로 낭낭하게 새어 나오는 염불 소리
산짐승도 숙연히 예를 올리는지
가던 길 멈추고 귀를 쫑긋 세우고 있다

중생 구원을 위해 드리는 기도는
저녁노을이 모닥불로 타올라도
비구니의 손끝에 걸린 백팔염주 한 알 한 알
눈가의 이슬로 떨어지고

촛불이 합장한 얼굴에 어른거리며
온몸을 태우고 녹아내려
두 손 모아 염원을 이루려는 간절함이
방울방울 아픔으로 번져가고 있다

들 창(窓) / 서준석

기울어져 가는 초가삼간
들기름 등잔 노란 불빛이
열려진 들창으로 새어 나온다.

시들어 가는 들국화 향기가
자장가 불러주듯 문풍지 떨리던
들창으로 들어왔다.

비료 포대 조각과
책장 찢어 붙인 가림막 된
들창이지만

바람과 영혼이 드나들고
동트는 햇살도 멀어져가는 달빛도
들창 찢어진 틈으로 찾아온다.

잠 못 이루고 뒤척이던 사랑방에
밤새도록 떨어지는 낙숫물 소리
들창 밖에서 들려왔고

짝을 잃은 동박새 가냘픈 울음도
팔려 간 새끼 찾는 엄마 소 울음도
그 작은 들창으로 들었다.

망향가(望鄕歌) / 서준석

임진강 망향단에
녹슨 철조망 잡는 손길은
북녘을 바라보며
보일 듯 말 듯 떨리고
오랫동안 움직이지 않든 어깨는
흐물흐물 무너져 내린다

임진강 자유의 다리 건너
강가 수풀 속에 물새 노닐어
부르면 대답할 듯한
내가 살던 곳 그리 멀지 않은데
오래전에 그어진 삼팔선 가로막혀
못 가는 몸 달래도 가고만 싶다

삼팔선 넘나드는 기러기야
내 부모 형제에게 전해다오
보고 싶고 너무 그리워
오늘 밤 꿈속에 찾아간다고
한(恨)이 많은 망향가를
젖어 내리는 눈 훔쳐 가며 불러본다.

꽃이 만발하던 동네 / 서준석

꿈에도 잊지 못하던
나를 낳아 금줄 걸려있었던 곳에
파 뿌리가 되어 돌아가 보니

올망졸망 팔 남매가 행복했을 때
가난이 우리 가족을 쫓아낸
둥그렇게 보이던 초가집이
간 곳 없고 감자밭이 되어있다.

익기도 전에 따먹어대던 살구나무도
장독대 웅크리고 햇볕 쬐던 채송화도
새벽잠 덜 깬 소리로 짖어대던 강아지도
어디로 갔는지

모두가 변해있고 낯설었지만
이웃집으로 시집가셨던
어머니를 닮으신 누님이
눈물을 글썽이며 반겨주셨다

집터를 어름 잡아 무심코 돌다가
보리밥 뜸 들던 자리쯤에 털썩 주저앉았다
내 어깨를 짓누른 것은 아직도 어리어 감도는
따뜻한 품에 안고 아낌없이 먹여주시던
어머니의 달콤한 젖 내음이었다.

시인 성경자

프로필

대한문학세계 시 부문 등단
(사)창작문학예술인협의회 회원
대한문인협회 서울지회 정회원
대한창작문예대학 8기 졸업
2019년 짧은 시 짓기 전국 공모전 대상
2022년 순우리말 글짓기 공모전 대상

〈저서〉
시집 "삶을 그리다."

시작노트

바람개비 돌 듯
부드럽게 때로는 매서운 바람이
건물 사이 어둠 되어 버석거리고
깜박이던 불빛도 그렇게 저물어 간다

헐벗은 추억 위로 솟아오른 태양
뜨거운 가슴으로 품으며
한해의 꿈을 심는다

시 〈흩어지는 바람이길〉 중에서

목차

시낭송 QR 코드

제 목 : 사랑하는 아들에게
시낭송 : 최명자

시집 〈삶을 그리다〉

사랑하는 아들에게 / 성경자

그 무엇과도 바꿀 수 없는 아들아!
언제나 너의 미소는
단단한 얼음장도 녹일 만큼 따뜻했고
딸처럼 때로는 친구처럼 부모의 마음을 헤아릴 줄 아는
너는 눈송이처럼 눈부신 존재란다

한 가정의 가장이 되는 아들아
행복하다는 이야기를 늘 하는 너
아내의 좋은 점을 늘 말해주는 너
힘들어도 함께라서 좋다고 늘 말하는 너
늘 부모에게 감사하다고 말해주는 너
역시 잘 컸구나 싶다
때로는 힘들 때 엄마에게 응석도 부리면 좋겠구나

지금, 이 순간 고요한 가을빛처럼
마음에도 사랑과 믿음으로 잘 살기를 바란다
영원히 너를 응원할 게
세상에 하나뿐인 엄마가...

봄날은 간다 / 성경자

흐드러지게 핀 꽃
살랑거리는 봄바람에
꽃들은 이리저리 흔들리고

봄 흩어지는 날
미소가 온 세상에 퍼지듯
꽃들도 흩어지겠지

피어있어 아름답기보다
지는 꽃이 아름다운 모습으로
너의 따스한 가슴에 남고 싶다

간절히 너를 원하기에
너의 모습을 지울 것이다
더 아름다운 모습을 위하여

상처 / 성경자

살을 에는 바람도
무섭게 내리는 장대비도
나는 견딜 수 있다.

처참히 짓밟히고
많은 비수가 등에 꽂혀도
나는 참을 수 있다.

한발씩 내딛던 발걸음
잠시 더디게 나갈 뿐
나는 멈추지 않는다

살면서 더한 고통도
견디며 살았기에
나는 자신을 믿는다.

상처 2 / 성경자

칠흑 같은 어두운 밤하늘
작은 세상 속에
초라한 존재가 가득하다

악취를 풍기며 썩어가는
단어들이 서로 엉키어
역겹게 찌꺼기를 뱉는다

얼마나 더 멍들어야 하는지
얼마나 더 아픔을 겪어야 하는지
얼마나 더 눈물을 흘려야 하는지

슬픔을 머리에 이고
그렁그렁 울부짖는 그림자는
위선의 껍질을 도려낸다.

상처 3 / 성경자

언제쯤 멈출까
꼬일 대로 꼬인 인연
상대에게 상처가 될 험담은
쌓이고 쌓여 지금도 섞어 가고

중상모략을 팔아가며 쉴 새 없이
악취를 풍기는 말로 지져대고
지은 업은 쌓여만 가는데
얼마나 행복한 여생을 살려 하는지

감성팔이에 눈물 흘릴 시간도
가슴에 담아 아파할 시간도
외로움을 느낄 시간도
나에겐 모두 사치일 뿐이야

딛고 서 있는 발아래 살아온 세월에
처참히 비수를 꽂는다고 해도
사랑하며 살아갈 날이 더 남았기에
힘들어도 끝까지 걸어갈 거야

겨울 나그네 / 성경자

겨울바람이 뜯어낸 나뭇가지에
소리 없이 눈이 내린다
숨소리가 들릴 듯 조용한 새벽

널브러진 나의 마음에 기웃거리다
그리움을 안고 뜨겁게 포옹하고
눈물이 되어 산산이 부서져 침묵하다

익숙한 아침이 오면
오가는 이에게 너는 허상일 뿐이라도
진한 커피 향 같은 익숙한 설렘이었어,

나를 잊지 말아요 / 성경자

꽃이 피고 지는 수많은 시간 속에서
제 몸 하나 머물 곳을 잃고 뒤척이다
임 향한 설렘을 멈출 수 없어
너의 따뜻한 가슴에 그리움을 묻었다

헐벗은 향기로 쓸쓸함을 노래 부르다
홀로 채운 하늘은 조금씩 시들어 가고
뿌옇게 내려앉은 안개 속을 거닐다
해맑게 웃는 너의 미소에 다시 피었다

시계 초침 따라 불빛에 허우적거리며
부서지는 별빛에 무희처럼 춤을 추고
환해지는 눈빛에 가로등 불빛 사라지면
코끝에 매달린 너의 흔적 찾아 꿈을 마셨다

뿌리 없는 나무에도 계절은 서성거리다
멀어지는 너의 뒷모습에 바람도 휘청거리고
차 한 잔에 담긴 진한 향기가 가슴에 스미면
나의 시간은 거꾸로 흘러 너에게 간다.

가을날의 묵상 / 성경자

가을비에 떨어져 쌓이는 낙엽은
쉴 새 없이 바닥을 후려치며 출렁이고
상처 입은 사람들의 가슴을 훑어 내리면
야윈 어깨는 점점 땅으로 주저앉는다.

늑골 깊이 파고드는 황량한 바람은
앙상한 나뭇가지에 이리저리 흔들리고
걸쳐진 무게는 무디어질 만도 하건만
아직도 위태롭게 걸린 밧줄을 잡고 서 있다.

세상살이가 버거워 힘이 들 때면
흐릿해진 시선 끝으로 걸어가는 발자국마다
수많은 사연이 서려 굽이굽이 흐르고
빗물인지 눈물인지 녹이 슨 시간은 등 뒤로 흐른다.

머물다 간 수많은 눈물을 담아
텅 빈 마른 가슴에 채우지 말자
희미하게 머물다 간 어제의 꿈도
상처로 얼룩진 가슴에 담지 말자

계절을 잃은 그곳에도 저녁노을은 붉디붉고
뒹굴며 헤매던 어둠 속에서 여린 풀꽃 시들면
오늘도 헛헛한 마음속에 달은 마냥 차오른다.

흩어지는 바람이길 / 성경자

바람개비 돌 듯
부드럽게 때로는 매서운 바람이
건물 사이 어둠 되어 버석거리고
깜박이던 불빛도 그렇게 저물어 간다

헐벗은 추억 위로 솟아오른 태양
뜨거운 가슴으로 품으며
한해의 꿈을 심는다

한 움큼의 희망은
설렘이며 꽃이어서 열매 맺을 때
요동치는 심장 소리는 꿈을 키운다

너와 나의 소박한 바람이
가끔 허물어진 시간 속에 갇힌다 해도
약해지진 않을 것이다

지나던 바람이 겨울 갈대를 흔들면
겨울은 문설주를 잡고
희망을 열어 봄을 맞이할 것이다.

나뭇잎 하나 / 성경자

침묵이 잠자는 시간
나뭇잎 하나
기지개를 켜고 일어난다

일상 속에서
길을 잃고 방황하며
스스로 아픔을 배우는 중이다

더러는 찢기는 아픔도
더러는 사랑의 아픔도
더러는 떨어지는 아픔까지도

바람 따라 날지 않아도 좋다
모든 아픔을 배워야 하기에
오늘도 나는 방황한다

시인 손해진

프로필

시인, 시낭송가
대한문학세계 시 부문 등단
(사)창작문학예술인협의회 회원(현)
대한시낭송가협회 기획국장(현)
한국법무보호복지공단 충남지부
　　　　　　　주거지원위원회 고문(현)
엠뉴스편집부장(현)
(주)잡이언트 행복경영본부장(현)

시작노트

아무리 높은 학문과 지식을 쌓아도 인간은
끊임없이 목마르다

하지만 한 편의 시로 인간은 영혼의 목마름
을 해갈한다

신이 인간에게 선물한 언어 속에는
씨실과 날실의 마주침이 이어지듯 북틀을
벗어난 한 올의 실은 빛나는 피륙을 향하여
먼 길을 떠난다

목차

시낭송 QR 코드

제 목 : 내 마음에 피어난
　　　　장미처럼
시낭송 : 조한직

공저 〈2022 명인명시 특선시인선〉

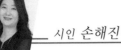

6.25 참전용사의 노래 / 손해진

1950년 6월 25일 새벽 4시
누구도 예측 못한 전쟁의 소용돌이 속 아비규환
동족의 피를 흡혈하는 헛된 욕망의 방아쇠가 당겨져
총칼은 서로의 머리를 겨누고 감당할 수 없는 상처를 남기며
몸과 마음을 잔혹하게 짓밟는다

주검 위에 나뒹구는 육체의 조각들과 봉분 없는 평토장
시체들을 쌓아 올린 수천수만의 시체 산을 밟고 밟으며
죽음의 혼을 부르는 랩소디
물밀듯이 쳐내려오는 나팔 소리 중공군의 인산인해
꽹과리 북소리에 속수무책 흩어지는 아군의 방어벽

하얀 눈 끝없이 내리는 길 위엔 군화 발자국
아직 수염 한번 못 깎아 본 새파란 여린 볼들이 가는 길
꽃피고 새우는 봄날이 찾아와도 포화 소리는 그침이 없고
배고픔과 피로에 허덕이는 용사의 24시엔
총포와 파편에 몸서리치는 전우와 대적의 군상만이

강 건너 청보리가 파랗게 피어나도 적의 공격은 멈추지 않고
너른 평야에 누렇게 익은 곡식은 하늘의 폭격으로 구수해
고향 어머니의 밥 내음을 더욱 그립게만 하는데
그 향기 맡으며 뱃속 아우성을 달래는 미친 세월은
거친 화력으로 여름철 장마처럼 장대비를 쏟아붓고 있었다

참전용사들이 일군 한강의 기적
대한민국 경제성장의 주역 625 참전용사 화보집 발간 기념 헌정시
2021년 7월 충남동부보훈지청 제작

하늘 바라기 / 손해진

하늘 향해 조그마한 입을 벌려
달라 달라 조른다

사랑 하나 주면
꽃잎 한 장 피고

사랑 두 개 주면
꽃잎 두 장 피우는

순수한 하늘 바라기
한잎 두잎 피워 낸 그 사랑이

고개를 넘고
강을 건너

온 봄을
곱게 물들이고 있다

사진시 전선자 작가님의 사진을 보고 시를 그리다

사랑의 연금술사 / 손해진

그대 사랑의 연금술사 끝없이 사랑을 담금질하네
그대의 눈길과 손길을 거쳐 간 시간들은 여지없이
반짝이는 보석 그대 마음을 통과하는 순간의 정제
끝없는 욕망도 순식간 잠식시켜 새로운 사랑으로
일깨우는 지혜의 별빛 베토벤의 선율 따라 흐르는
일순은 창자적 사랑이란 근원을 일깨우지만 다시
파도치고 요동치는 그리움을 정돈하여 명쾌에로
이른 진리를 선물하네 그대 사랑과 함께 어우러져
나의 심장과 폐부를 오르내리며 우리 사랑의 심연
그 깊고 넓은 바다를 항해하네 영원의 옷을 두른 채

연작 / 당신의 의미 중에서

내 마음에 피어난 장미처럼 / 손해진

푸른 장미의 신선함과 풋풋함이 나의 가슴 속 가득히 피어올라
넓고 넓은 바다를 향하고 깊고 깊은 호수를 향하고
높고 높은 산과 하늘을 향하여 우리 모든 행복의 날을 노래하네요

푸른 바다 위의 하얀 파도처럼
시원스레 마음을 다스리는 파아란 장미의 영롱함에
놀란 심장이 두 눈을 모이고 한참을 머무르게 하는 참빛

저 높은 창공의 새털처럼 하얀 양떼구름에 가리워져
가끔씩 햇살에 부신 푸른 소망에 겨운 하늘 빛
그 신선함에 끝없이 머무르고 싶은 내 마음의 반영

대기를 벗어난 우주의 빛처럼
거기서 내려다본 지구의 온순함이 가져다주는 푸르른 생기처럼

모든 물질의 시작과 끝처럼
찰라 속 순회하는 파아란 심성을 나도 닮아가고 싶네요

스타메이커 실버님과의 우정을 위한 헌정시

영혼의 파라다이스 / 손해진

순간을 살아가는 우리의 호흡이 영원하기를
우리의 노래에 영혼을 매달아
우리 스스로를 나타내기를

영원히 죽지 않고 살아서
맑디맑은 청량한 노래로
날마다 노래할 수 있기를

낮은 목소리로부터 높은 그곳을
매 순간 맘껏 순항할 수 있기를

노래에 날개가 피어나
어디든지 자유롭게 날아다닐 수 있기를

그대 마음 즐겁게 노래하는
그 어느 곳이라도
거기 우리 영혼의 파라다이스

스타메이커 실버님과의 우정을 위한 헌정시

아카시아와 꿀벌의 노래 / 손해진

아카시아꽃이 숲속 가득 피어났어요
장미의 붉은 빛을 이겨보겠다며 지천에 하얀 눈망울 틔워
곁을 지날 때마다 그윽한 향기로 가던 걸음을 멈추게 하지만

그것도 잠시. 성실한 꿀벌의 시간이 다가와
진실한 달콤함을 모두에게 전하고 나면
마침내 평안과 휴식의 계절이 돌아오겠죠

나도 그 계절 속에서 지난날
아카시아와 꿀벌의 이야기를 노래할 수 있을 거예요
우리에게도 그토록 아름답고 소중한 때가 있었노라고 그대와 함께

스타메이커 실버님과의 우정을 위한 헌정시

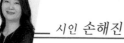
지구촌 가족 / 손해진

아프다. 모두가 지구촌 가족들
72억 인구가 몸살을 앓고 있는 지금
서로가 서로를 보듬어 안아줘야 한다

더 이상 물러설 곳이 없는 벼랑
끄트머리까지 와서야 우리는 새로운 세상을 소망한다

더 밝고 더 아름다운 세상
그 너머에서 만날 소중한 사람들

너와 나 우리는 모두
영롱한 빛으로 새롭게 탄생할 지구촌 가족들이다

Global Family / Son Hae-Jin

Sick. Everyone is a global family
7.2 billion people are suffering now
We need to hug each other and hug each other

There's nowhere to turn back
When we reach the edge of the cliff, we hope for a new world

A brighter and more beautiful world
precious people to meet beyond

You and me we are all
To be reborn with a bright light the global family

2022년 5월 엠뉴스매거진 시란 수록

투명 인간 / 손해진

보이지 않는 세상이 있다
그곳엔 보이지 않는 사람들이 존재하고
그들의 식탁도 보이지 않는다

그들은 볼 수 없는 눈과 맛을 잃은 혀를 가졌고
진실 앞에 닫혀버린 입과 들을 수 없는 귀를 가졌으며
잡히지 않는 권력을 쥐고 있다

보이지 않는 존재들이 신뢰할 수 없는 약속을 하고
그들의 식탁에 하나, 둘 둘러앉는다
그리고 회의를 하고 밥을 먹는다

보이지 않는 세상에
이룰 수도 믿을 수도 없는 가치를 거침없이 뿜어대며
신나게 놀아난다 난장판이다

그곳엔 어떤 것으로도 세울 수 없는 무질서의 강이 유유히 흐르고 있다
거짓의 혀로 만든 잉크 한 병이 한 방울, 두 방울 떨어질 때마다
강은 점점 더 탁한 그림자를 드리운다

어둠의 그림자, 흑암의 냄새
맡기조차도 쾌쾌한 기운이 그들 앞에 엄습해있다.

사진시 / 벨기에 출신 사진작가 Ben Goossens의 실험적 합성사진 에어브러시
일러스트레이션 작품을 연결하여 시를 그리다

심장 오르가즘 / 손해진

따뜻한 햇살 아래
피어나는 꽃들처럼
심장에서 꽃이 피어난다

행복한 절정의 순간
순수의 바다 한 가운데
그 넓고 따사로운 공간 속에는

심장을 간지럽히는
짜릿한 감동과 기쁨이
끝없이 솟아나고 있다

그대 잠든 그곳에서 영원히 행복하기를 / 손해진

눈을 감으면 보이는 그대의 모습
이십이만 볼트의 찰나를 스쳐 처참히 부스러진 넋
설움과 고통의 세월을 껴안고 떠나간 구천의 그곳에서
저승의 원망과 한탄을 나지막한 침묵으로 맞이합니다.

하루 세끼 삶을 잇는 치열한 전장에서
이리저리 뒤엉켜진 시간들을 송두리째 빼앗겨
한 줌의 재로 산화된 너
구곡간장 녹여내는 설움들이 온몸으로 북받쳐 올라
두 볼을 타고 끝없이 나리는 눈물

천만리 머나먼 땅 그곳에서 한숨 뿌리며
하얗게 드날리는 너의 고운 숨결
나조차도 갈 수 없는 적막강산을
너 홀로 외로이 나부끼누나

괴로운 삶의 토로 허공에 떠나보내고
이제는 그대 잠든 그곳에서
영원히 행복하기를

2022년 4월 제3회 충남장애인협의회 산업재해추모제 『산업재해장애인을 위한 추모 헌정시』

poem art
명인명사 특선시인선
2023

시인 송근주

프로필

대전 출생(1964년)
대한문학세계 2020년 9월 시 부문 등단
(사)창작문학예술인협의회 회원
대한문인협회 정회원(서울지회)

〈저서〉
제1시집 "그냥 야인"
제2시집 "뭔 말이야"
제3시집 "살아 있다"

시작노트

혼돈의 공간 혼란한 시간 나들이를 하고 있다. 무엇이 진정한 나를 찾는 것인가? 물어도 답을 찾지 않는다. 혼란스럽고 어지럼증이 나를 가두기도 한다. 나를 해방시켜 자유롭게 풀어 놓기도 한다. 무서운 게 없다. 하늘에서 바람처럼 바람이 되어 떠돌아다니고 있다. 영혼의 외침이라 후회는 없다. 정체성을 찾는 것이기에 참회할 따름이다.

목차

시낭송 QR 코드

제 목 : 걸어라
시낭송 : 최명자

제3시집 〈살아 있다〉

미루지 않고 / 송근주

정리하는 시간
준비하는 시간
따로 떼어 놓은 것
아니라기에

미리미리 미루지 않고
사는 것이
잘 사는 게 아닐까 생각합니다

지금
당장
후회하지 않는
인생을 살았노라
막 살지 않습니다

잘 먹고
잘 자고
내일 아침에 일어나서
출근합니다

찾질 못해 / 송근주

좋은 글 좋은 말
너무 많아
내가 만들지 않아
넘쳐나

이쁜 글 이쁜 말
너무 많아
내가 만들지 않아
넘쳐나서

누가 만들었어
묻고 싶어
답이 없어
찾아봤어

찾아도
누가 지었을까 궁금해도
이름을 지어준
누구를 찾질 못해

먹고 살기 / 송근주

벌과 나비가
날아다니면
꽃술에서
술 취하나 봐

술 취해서
벌과 나비는
춤을 추고 있어
먹고 살기야

살기 위해
먹고 사는
이기적인
먹고 살기야

벌과 나비는
자기 살기 위해
움직이고 있어
이기적으로

오미크론 / 송근주

강가를 따라 걷는 사람
공원을 산책 하는 사람
산과 숲 걸어가는 사람
거리를 두고

스쳐 지나가는
숨결이 움직이고 있어
오미크론이라는 숨결이
침이 튀겨 옮겨 다녀

마스크로 얼굴 감싸고
거리를 둬야 해
아직은 이른 방역 해제
변이 변종이라는 재확산 움직임

코로나19도 움직여
변이 변종이 늘어나면서
움직이고 있어
사람이 움직이게 했어

움직여야 돼 / 송근주

앞으로 뒤로
몸도 움직이고
마음도 움직이고

마음이 먼저냐
몸이 먼저냐
따져 볼 거야

따지고 따져
답이 있어
움직여야 돼

숨을 고르고
숨이 차올라도
움직여야 해

영정사진 / 송근주

바라보고 있어
보고 싶어서겠지
보고 싶으면
시선을 고정해

뚫어지게 봐도 돼
액자에 있는 모습이
내 모습이라고 하네
그림자로 다가오는 내 모습

윤곽이 혈색이 뚜렷해도
못 알아보는데
그림자야 혈색이 없어
죽어있는 모습 틀에 갇혀 있는 자아

국화와 향냄새
뿜어져 나오는 곳
예식이 치러지고 있는 장소
나를 찾아가야 해

걸어라 / 송근주

걸어라
산길도
숲길도
인도도 걸어라

걷는 게
너의 마음을
걸음이
너의 건강을

손으로 쥐었다
손으로 폈다
걸으라고
걸었다고

살아있다는 움직임
살아가는 생명 의지
걷고 걸어서
움직이고 움직여라

장미 / 송근주

예쁘다 꽃잎이 아름답다
꽃대에 가시가 있다
아픔을 알기에
줄기에 가시를 박고 있다

아름답게 보이는 꽃
바르르 떨고 있다
아픈 과거가 있어
가시를 품고 있다

한이라고 할까
아이가 떠났다
아이를 낳을 수 없다
자기 몸을 희생한다

아이를 잉태하지 못하는
타고난 석녀의 고뇌
내 몸을 잘라야만
종족 보존 꽃 핀다

하나로 있다고 / 송근주

두근두근 거꾸로
방망이질을 하는구나
내 영혼이 깨지고 있어

내 몸과 함께 가자고
거칠 게 없듯이
몰아쳐 오고 있어

따로 떨어져 있다고
말하고 듣고 하는구나
떨어져 있는 몸과 마음 있어

아니라고 거부하면서
하나로 있다고
저항하고 있구나

문을 두드리고 / 송근주

친구가 없어
사라지고 있어
땅으로 자꾸 들어가
문을 두드리고 있어

내가 어제 만났는데
내가 며칠 전에 만났는데
사라지고 있어
길을 떠나간 친구는

비석만 남아 있어
내가 알고 지낸 친구라지
나도 친구 따라가겠지
그 길을 따라가겠지

먼저 가고 나중 가고
문을 두드린다지
땅으로 열려있는 문
문에 친구 이름있고

시인 송용기

프로필

대한문학세계 시 부문 등단
(사)창작문학예술인협의회 회원
대한문인협회 경기지회 정회원
대한창작문예대학 제10기 졸업
대한창작문예대학 졸업작품 경연대회 은상

대한창작문예대학 졸업 작품집 "가자 시 가꾸러"
대한문인협회 경기지회 동인문집 제2집 "달빛 드는 창"
2020 유화로 보는 명인명시선, 2022 명인명시 특선시인선

시작노트

자연과 더불어 살아가고
자연 속에서 익어가는 삶
오랜 숙성으로 완성된다

아름다운 꽃처럼 향기 내며
세상을 환하게 비추고
멋진 맛을 내는 삶을 살고 싶다.

시 〈멋진 맛을 내는 삶〉 중에서

목차

시낭송 QR 코드

제 목 : 멋진 맛을 내는 삶
시낭송 : 박영애

공저 〈명시 가슴에 스미다〉

멋진 맛을 내는 삶 / 송용기

태양과 자연 속에 숨을 쉬는
아름다운 꽃을 닮은 인생처럼
내 삶을 펼쳐본다

말없이 흘러가는 세월 따라
불가마 속 옹기처럼 숙성되는 삶은
내 인생을 겸손하게 한다

자연과 더불어 살아가고
자연 속에서 익어가는 삶
오랜 숙성으로 완성된다

아름다운 꽃처럼 향기 내며
세상을 환하게 비추고
멋진 맛을 내는 삶을 살고 싶다.

목단꽃 / 송용기

수많은 예쁜 꽃들이 많기도 합니다
가지각색의 모양과 향기도 풍기고
그중에 제일가는 왕의 꽃은 목단꽃입니다

웅장하고 화려한 하얀 목단꽃
화려하고 짙은 빨강 목단꽃
바라보면 바라볼수록 놀랍기만 합니다

목단꽃 작품을 집 안에 걸어두면
모든 일들이 잘 풀려나가게 되며
행운과 복을 주는 최고의 꽃입니다

웅장한 그 자퇴의 꽃을 바라보면
마치 황금빛으로 들어가게 되고
황금빛 속에서 황금알을 낳는
꽃 중의 꽃 왕의 꽃은 목단꽃입니다

고목이 되어서도 피는 꽃 / 송용기

매화의 아름다운 꽃은
이 나라의 강인함을 주고
사군자의 꽃 중의 꽃이다

맑고 청고한 향기를 뿜고
가장 먼저 아름다운 홍매화가 되어
봄의 첫 기쁜 소식을 전해준다

매화의 맑은 향기를 따라온
한 쌍의 참새도
아름답고 청고한 향기 속에 빠져 버린다

사랑의 매화로
기쁨의 매화로
고목이 되어서도 피는 꽃
아름다운 매화꽃이다.

좋은 사람 / 송용기

따스한 햇살이 창문으로 비치 울 때
바람 따라 흔들리는 나뭇잎 사이로 떠오르는 얼굴 하나
바삐 움직이는 사람들 사이로
혼자 인양 우두커니 있을 때
허공에 있는 얼굴 하나
일상의 반복적인 생활에서
웃을 수 있는
꿈틀꿈틀 마음 깨우는 얼굴 하나

침묵에 잠긴 밤하늘 바라보며
쓸쓸한 가슴에 그리움이
물들 때면
창 너머로 꺼질 줄 모르는
네온사인 불빛마저
눈먼 사랑이 되어 그리움의 빛을
길게 늘어뜨린다

침묵의 밤도 마음으로만
마음으로만 부르짖는 내 사랑에
달빛조차 숨어들어 그리움을 가두고 있다
오로지 그리움밖에 모르는 사랑이지만
그 사람이 내 곁에 있어 좋다
그 사람 곁에 내가 있어 좋다

제2의 인생 / 송용기

꿈 많던 어린 시절
큰 꿈을 꾸며 살았지요

철없던 그 시절 어느덧 흘러가고
수많은 고난 끝에
내 손 잡아준 그대와의 만남으로
내 마음 사랑으로 변했지요

미처 몰랐던 우리의 사랑은
하루하루가 행복하기만 하고
즐거운 시간은 너무나 빠르게 지나가네요

남은 인생 그대의 손을 잡고
새로운 세상에서 새 꿈을 꾸며
제2의 인생을 살고 싶어요.

님 찾는 개구리 / 송용기

창밖에 어둠이 안갯속에 밝아오고
아침이슬 내리며 하루가 시작된다

어둠을 거치며 달리는 자동차는
경주마가 되어 힘차게 속도를 낸다

우리의 인생도 경주마가 되어 힘들게 달려야만 하는가?

어느덧 어둠이 찾아와 궁평항 나무다리에 앉아
야경의 풍광에 빠져버린다

꿈에 그리던 야경
시원한 바람과 파도 소리는 천국과 같다

천국에 있는 나는
파도 소리와 개구리 우는 소리에 빠져들었다

밤새 우는 개구리는 끝내 님을 찾지 못하고
파도 소리와 함께
바닷속으로 사라졌다.

화진포의 힐링 / 송용기

동해 최북단 고성 화진포는
끝없는 수평선과 파란 바다
커다란 파도 시원한 바람
뻥 뚫린 바다를 바라본다

거진항의 싱싱한 해삼 멍게
소주 한잔의 여유로움은
도심 속에 짓눌렸던 모든 것들을
한없이 맑게 해준다

김일성 별장을 지나면서
한 많은 역사를 되새김하고
산과 호수 파란 바다를 바라보며
지나간 역사를 펼쳐본다

속초의 바다의 정원 카페에서
커피 한잔의 여유로움과
화진포 뻥 뚫린 바다와 거친 파도가
밀려오는 것을 바라보면서
몸과 마음을 마음껏 힐링한다.

웅장한 버드나무 / 송용기

도심 속에 웅장한 버드나무는
바람 따라 이리저리 출렁거리며
웅장하고 우아한 자퇴로
즐겁게 춤추며 날게 짓을 한다

수많은 가지를 지탱하고
바람 따라 출렁이는 가지는
가지 사이마다 시원함을 주고
도심 속에 공기청정기가 되고 있다

어두운 세상의 희망을 주고
밝은 세상을 만들며
힘들고 지친 우리에게
세상의 빛과 소금의 역활도 한다

자연 속에 아름다운 자퇴를 품고
덤 실거리는 가지 사이마다
시원한 바람과 상쾌함을 주고
깨끗한 세상을 만들어 가며
세상의 듬직한 생명수가 되고 있다.

댄스 / 송용기

한 쌍의 원앙이 리듬에 맞추어
환상의 탱고 춤에 빠져 본다

멋진 포즈로 밀고 당기며
음악 따라 손과 발이 하나 되고

순간의 예술은 리듬 따라 바뀌고
멋진 춤은 연습이 스승이다

다 함께 정열적인 음악에 맞추어
잠시라도 춤에 빠져보자.

상처만 남겨준 나의 고향 / 송용기

수십 년이 흘러 세계를 다니며 찾아온 남쪽 하늘
설레는 마음으로 찾아온 그리운 나의 고향
사방을 돌아봐도 거칠 것이 없는 나의 고향
문화와 인식조차 다른 황무지의 땅

그리운 나의 고향이 더 좋을 거로 생각하며
전통 예술을 제대로 알려주고 싶은 생각에
뼈를 깎는 고통도 참고 인내하며
더 열심히 가르치며 많은 작품도 남기었다

몸과 마음을 다 바쳤던 그리운 나의 고향
화려했던 시간은 어느덧 다 지나가고
지금의 내 곁은 아무것도 없다
나에게 상처만 안겨준 그리운 나의 고향
이제는 나의 고향을 떠나고 싶다

설레는 마음으로 찾아온 그리운 나의 고향
희망과 큰 꿈을 가지고 찾아온 나의 고향
상처만 안겨준 그리운 나의 고향
이제는 그리운 나의 고향을 떠나고 싶다

상처가 없고 희망과 꿈이 있는 평안한 곳에서
내 인생을 마감하며 더 좋은 곳에서 더 좋은 작품과 봉사도 하고
내 인생을 조용히 마감하며 살고 싶다.

시인 송태봉

프로필

(전) 동원그룹 상무이사
(현) (주)거보&(주)돈키호테 대표
대한문학세계 시 부문 등단
(사)창작문학예술인협의회 회원
대한문인협회 정회원(서울지회)
'2022 詩 자연에 걸리다.'
특별초대 시인 시화 선정

시작노트

그것은 인생이란 여정 속에
인연이란 발자국을 남길 것이고
또 그것은
뒤따를 누군가의
나침판이 될 것입니다

그것은 희망입니다.

시 〈희망〉 중에서

목차

시낭송 QR 코드

제 목 : 그리움
시낭송 : 최명자

공저 〈명시 가슴에 스미다〉

그리움 / 송태봉

서쪽 하늘의 눈썹딜이
성급한 아침의 재촉에
힘에 겨워하는 시간

주인 떠난 외딴집에
외롭게 마당을 지키는
한 그루 감나무

어디선가 불어오는 늦가을 바람에
힘겹게 붙들고 있던
마지막 잎들의 손을 놓는다

끊어져 버린 인연에 대한 미련이런가
바람 한 자락이 아래로 내려와
슬쩍 들어 올려보지만
이내 두어 바퀴 원을 그리다
마당을 쓸고 지나간다.

계절의 상흔 / 송태봉

계절이 가로지르는 사방에는
파스텔톤 빛의 향연이 벌어졌는데
저는 무언지 모를 외로움에 못 견디며
이 밤 당신을 그립니다

휘 하는 선바람인데도
섬마을 새색시 웃음 마냥
볼그레하던 꽃잎 자락이
늙수레 바퀴 구멍마냥 뚫린 메이플 잎사귀가
이 계절의 스산함을 더하는 이 시간...

이 밤 나와 함께 흐려지는 저 별이
이제 아득해 저버린 흐린 기억 속 연인의
추억을 물어옵니다

마땅히 사랑이라 말하지 않아도 좋으련만...

이제 움직이는 모든 것에 감응하는 이 몸은
타는 저녁놀에 과거를 회상케 하고.

어느새 계절의 심장에 꽂혀버려
홀로라는 사실을 깨달음에
다시 나만의 세상에 왕이 되어버립니다.

할아범의 회상 / 송태봉

이름짓기에도 버거운 작은 섬에
할아범이 살고있답니다

섬지기 할아범

아직은 차가움에 몸서리쳐도
그래도 봄이라 우기는
바람의 충동질에 못 이겨
뒷짐 진 채 터덜터덜 팔자걸음 딛다 보니
어느 틈에 물새우는 바닷가

하릴없이 서성이다
불현듯 찾아온 그리움에
먼바다 아득한 하늘 창을
우두커니 바라봅니다

먹구름 짙게 드리운 수평선 머리에
짜하게 비추는 눈부신 빛줄기가
주름진 눈을 아리게 할 때면
짜글짜글 울어대는 섬 자갈 소리가
할멈의 잔소리로 들릴 때면

순간 흠칫
이내 그마저도 그립습니다.

은행나무 / 송태봉

황금 노을처럼 나래이는
곱고 눈부신 향기의 엷은 옷을 감추고
깊은 시름에 빠진 나무여

어디선가 들려오는 소리를 타고
더욱더 가슴에 다지면서 침묵의 고독에
종을 울리는 포근한 넋이여

한없는 만남을 승화시키기 위해
오늘도 발밑 살아있는 모든 것을
따사로운 잎으로 감싸주는 덕이여

살아서 호흡할 수 있다면
너의 눈빛을 먹고 사는 우리이기에
황금 숨결의 한마디 또한 잊지 못하리라

네가 가고 나면 말할 수 없는 언어들을
놓칠까 두렵기만 두렵기만 한
사랑의 계절의 마지막 마침표여

그리움을 새기고 태워 불꽃으로 영혼으로
저 멀고 먼 길
우리가 없는 곳으로 가다오

얼룩진 사랑의 아픈 자리에
고운 너의 이름으로 씻기고
정에 의미를 주며
의미를 감싸주는 이름이여
고운 하늘에 자리할 너의 이름같이
황혼에 젖은 너의 모습이
이처럼 아름다우랴.

아가야 / 송태봉

백목련 꽃잎을 씨줄 삼고
데이지 꽃잎을 날줄 삼아
옷을 지어 입었을까나

구공탄 피부마냥 까만 눈동자에
사랑을 그득 담아 바라보던 아가야

무시로 덜컹거리는 심장을 붙잡고
장맛비에 젖은 꽃잎처럼
처져가는 육신을 깨울 때마다

이제는 우리가 함께 할 수 있는 시간이 다해감을
진작에 눈치를 채었건만

이별의 아쉬움을 가득 담은 그 눈망울을
잊지 못하는 억지스러움에

외로움에 울었고
함께하는 시간이 마냥 좋아
팔짝팔짝 뛰놀던 그 시간이 너무도 아쉬운 지금

문득 깨어보니
시나브로 가버린 너를 그리며
저무는 노을에
눈물 한 자락을 흩뿌리며

다시 만날 수 있을 거라는
기약 없는 약속에 기대어
가쁜 숨 참아내며
인연이라는 수레바퀴를 힘겹게 밀어본다.

코스모스 연정 / 송태봉

제발 가까이 다가와
찬찬히 들여다보세요

떨리는 잎사귀는
저의 기다리는 마음의
간절함이랍니다

이런 제 심정을 끝내
그대 기어코 모르는 채 가버리신다면

형언할 수 없는 갈망과 기원으로
힘없이 떨어지는 그 낙엽은
조각난 제 마음이랍니다

기실 제가 바랐던 건
애오라지 그 짧은 한순간이었답니다

코스모스 가득 핀 저 들판에서
나 그대 다시 만날 수 있다면....

햇빛 머금고 송이송이 피어난 꽃은
임을 연모하는
저의 소망이랍니다.

희망 / 송태봉

초가집 처마 밑에 둥지를 튼
이름 모를 새 울음소리가
새벽이 눈 발치에 왔다고
일러줄 때

나는 숨 막히는 어둠 속의 정적 속에서
희망을 느낄 수 있었습니다

열린 판도라의 상자 속에
마지막으로 남아있던 그 녀석이
아직 우리 곁에 있음을
온몸으로 느꼈습니다

그것은 눈발 휘몰아치는 겨울 속에
화톳불이 될 테고
어떤 어려움도 끝내 이겨낼 것이라는
장함과 열정으로 피어날 것입니다

그것은 인생이란 여정 속에
인연이란 발자국을 남길 것이고
또 그것은
뒤따를 누군가의
나침판이 될 것입니다

그것은 희망입니다.

사색 / 송태봉

태양이 길게 숨을 내려 쉴 때면
그 길을 따라 땅거미가 길어지고
허공은 다시 어둠이 물들이니
하얀 눈을 토해내던 구름은 물러가고
어느 틈에 차지했는지 별빛이
내 곁에 와 앉아 말을 걸어온다

잘 마른 장작불처럼 타오르던 어제의 그 열정도
어둔 산길도 마다하지 않고 딛던 걸음
무르지 않던 도전의 그 기세도
나무 그루터기에 내려놓고
잠시 잠깐 기대어 쉬어간들
뉘라서 타박할 것이며
핑계 삼아 눈감아본들 흉봄이 없을 테니
한숨 돌려 돌아보고
고른 쉼표 찍어보라 권해온다

가진바 온 힘을 다한 나의 노력은
시나브로 무르익을 테고
딱딱하기만 하던 몸뚱이는
보드라운 살결로 변화할 것이고
굳어져 꿈쩍하지 않던 나의 사색은
한귀절의 시로 변태할 것입니다

이제는 묵묵히 기다려
시간을 동무 삼아 보려 합니다.

나그네의 수구초심 / 송태봉

고향을 떠올리면 언제나
가슴을 설레게 하고
영혼을 먹먹하게 적십니다.

그것은 어머니의 자궁을 그리워하는
원초적 그리움이요
지친 영혼이 본능의 도피처로 향한
그대로의 회귀입니다.

그곳의 햇살은 늘 포근하고
애썼노라고 수고했노라고
어깨를 다독이며
따뜻한 위로를 건네는 그런 곳입니다

밤하늘에는 개밥바라기가 빛나고
계절은 언제나 이름 모를 꽃들로
가득 넘쳐났으며
노고지리 지저귐에
누렁이가 화답하는 그런 곳입니다.

사부곡 / 송태봉

또 기억의 한 페이지가 지워져 나갑니다

애써 아린 마음을 달래보지만
허허로움과 함께 찾아오는
아쉬움은 어찌하지 못합니다

웃음으로 위장하고 과장된 몸짓으로 감춰보지만
눈가에 멍울진 눈물 속에 담긴 그리움을
저는 보았습니다

기억 속의 그분은
항상 넉넉하고 여유롭고 다정하셨으며
끝내 미더운 새끼 걱정으로
자신의 온 삶을 지내셨습니다

60여 년의 시간을 함께했건만
어제처럼 오롯이 기억하는 그녀에게는
그래도 부족합니다

언젠가 찾아올 뿐인 이별일 테고
준비해본들 소용없는 순간이겠지만
사무치게 보고 싶은 이 순간
아프고 아프고 또 아픕니다.

시인 송향수

프로필

충북 제천 거주
대한문학세계 시 부문 등단
대한문인협회 정회원(대전충청지회)
(사)창작문학예술인협의회 회원
2021년 12월 2주 금주의 시 선정

〈공저〉
충청의 향기, 비단강처럼
명시 가슴에 스미다

시작노트

바람에 휘둘리는 빗줄기를 보고 있자니
내 마음도 저렇게 바람만
불어도 휘둘렸던 생각이 난다

잔잔하게 내리는 보슬비를 보고 있자니
고요한 나의 일상생활인 것 같이 보인다

내 사랑을 고백하는 밤의 아름다움이
가슴 깊이 파고든다

시 〈비 내린 후에 사랑〉 중에서

목차

시낭송 QR 코드

제 목 : 내가 선택한 사랑
시낭송 : 김락호

공저 〈명시 가슴에 스미다〉

내가 선택한 사랑 / 송향수

살아가는 인연 속에서
당신을 만났다는 것이 기쁘지만
내가 찾아낸 그대를 사랑할 수 있다는 것이
더 신비로운 일입니다

당신은 기다려 준 사람처럼
내 앞에 나타난 사실
모든 게 우연은 아닐 거라 믿습니다

수많은 사람이 오가는 길 위에서
우리가 만날 수 있다는 건
하늘이 맺어 준 인연이 아닐까요

만날 수 없을 거라고
생각할 수 있는 인연도 많고 많은데
우린 행운인가 봅니다

수많은 사람 속에서 내가 찾아낸 당신의 미소는
먼 곳에 있어도 느낄 수가 있고
이제 함께 가는 길을
나란히 걸어가는 행복한 생각으로 하루하루가 설레고
즐겁게 보내는 연습을 해보렵니다

오늘도 미소 속에서 주고받는 사랑이 꿈틀거리는
하루가 되기를 바랍니다.

비가 웃는다 / 송향수

비가 하늘에서 웃는다
대지를 흠뻑 적시며

온 세상이
활기와 생명으로 넘쳐난다

나의 그리움은 젖어
나뭇가지에 걸쳐지고
은근한 미소 걸친 입술
마음을 사로잡는다

그리는 보고픔이
방울방울 터트린 울음에
내 마음 욱여넣어
그대에게 보낸다

고인 빗물 위
올려놓은 사연 하나
풀포기에 스며들어
파릇하게 돋아난다.

그리운 사람아 / 송행수

늘 그리운 사람 가슴에 넣어놓고
보고 싶을 때마다 살며시 꺼내어
볼 수 있다면 얼마나 행복할까

애절한 기다림이
종일 손짓하는 펄럭임과
가냘프게 떨리는 입술로
누군가를 애타게 불러보고
스스럼없이 기억해낸다는 것이
그 얼마나 눈물겨운 일이겠는가

모질게 살아야 하는 것이
우리 삶일지라도
손아귀에 꼭 쥐어지는
아침 햇살 같은 소중함이 하나 있어
잠시 잠깐 떠올려 볼 수 있다면

살아 있는 존재감으로도
인생이 아름다울 것일 테니
소중하게 가슴에 넣어둔 것을
꺼내어 허물지 말자

설령, 그것이 가슴 찌르고
눈시울 적시어도
행여 세월의 흐름으로
덜어내지도 말자

언젠가 비바람 몰아쳐 와
가슴에 간절히 간직에 온 것에 대한
죄를 속절없이 물을지라도
그 이유가 내게는 행복이었다고
말할 수 있다면 우리 삶이
정녕 허무하지 않을 사유가 될 거야.

내 사랑아 / 송향수

사랑이란
더 나은 사람이 부족한 사람을
이끄는 것이 아닙니다

만들어가는 것이 아니라
이미 만들어진 사랑
이해와 배려로 있는 그대로
곱게 품는 것이다

만질 수 있어 따뜻하지만
부딪혀서 상처가 되기도 하는 것
그게 진짜 사랑이라는 것입니다

느낌이 있어 그립고
시시때때로 보고 싶은 건 당신이기에
이런 마음을 품을 수 있겠지요

조금은 빠듯한 일상에도
당신이 있어 미소를 머금고
하루를 보낼 수 있습니다

넉넉한 마음으로
바라봐주는 당신이 있기에
늘 행복하게 지낼 수 있답니다

오로지 당신만 생각하고
당신만 사랑할 줄 아는 난,
당신의 그림자가 되고 싶습니다.

하루의 선물 / 송향수

우리가 맞이하는
하루하루는
열어보지 않은 선물입니다

아무도 알지 못하는
사랑의 선물입니다

우리는 날마다
하나하나 선물을 열어봅니다

무엇이
담겨 있는지는 아무도 모릅니다

좋아하면 기쁨이라는
이름의 선물이 될 것이고

사랑이라 느끼면 사랑이라는
이름의 선물이 될 것입니다

미래가 좋은 것은
선물이 하루하루씩 다가오기 때문이라고 했습니다

하루하루
선물은 당신에게 스스로 내용물을 결정할 수 있도록
허락하신 귀한 선물입니다

당신의
하루하루가 사랑과 기쁨의 선물이 되었으면 좋겠습니다.

임이시여 / 송향수

싱그러운 여명이 그리움을 데려오더니
행복한 사랑은 가슴속에 스미어 스르르 잠이 든다

사랑에 빠진 첫 느낌 설렘을 기억하는 것처럼
온종일 사랑에 빠져 몽롱하게 하루를 보내고
어제의 시간이 지나고
다시 찾아온 까만 밤에도 설렌다

가로수 등불 밑에서 하루살이 사랑 노래 부르고
오늘 밤도 그대랑
행복한 사랑을 탐닉하려는 속마음 엉큼한 미소 지으며
불빛 따라 슬그머니 꿈속으로 빠져듭니다.

비 내린 후에 사랑 / 송향수

비 내리는 저 하늘을 보고 있자니
지금 내 모습처럼 아무것도
보이지 않는다

시원하게 쏟아지는 빗줄기를 보고 있자니
아무것도 해 놓은 것 없는
나의 과거 같아 보인다

캄캄한 밤에 고인 흙탕물을 보고 있자니
잘못된 나의 고정 관념들이
보이는 것 같다

흘러가는 빗물을 보고 있자니
시간은 나를 기다려주지 않는 것이 보인다

바람에 휘둘리는 빗줄기를 보고 있자니
내 마음도 저렇게 바람만
불어도 휘둘렸던 생각이 난다

잔잔하게 내리는 보슬비를 보고 있자니
고요한 나의 일상생활인 것 같이 보인다

내 사랑을 고백하는 밤의 아름다움이
가슴 깊이 파고든다

봄이 오면 / 송향수

잎보다 먼저 꽃이 피듯이
아침보다 먼저 하루를 열어주는
봄이 오면 그대와 사랑을 할래요

조금은 빈 마음에
햇살 같은 고운 빛을 내리고
살랑거리는 바람이 내 목을 감을 때
봄은
그대를 내 품에 내려놓고 가네요

풀꽃 만개한 그날에
나는 꽃이 되어 그대 향기에 젖을 때
봄볕에 숨겨 놓은 미소가 피어나고
호수에 내려앉은 꽃구름이 두둥실
하늘과 입맞춤하네요

차가운 벼랑 끝에 서성이던 바람도
그대 품 찾을 고운 봄이 오면
당신과 사랑을 하고 싶어요

화려한 외출 / 송향수

허전함이 가득하여 마음 따라 바람 따라
소풍 가는 심정으로 길을 나선다

길가에 흐드러지게
피어있는 들꽃을 보고 싶었다

유난히 어여쁘게 눈에 들어오던
띄엄띄엄 피어있는 장미꽃이
내 마음 알아주는 듯 화사함으로
반겨주는 짙은 향이 좋았다

두둥실 떠다니는 구름의 유희가
더없이 아름다웠던 날
봄은 지나가고 푸른 녹음의 숲이
시원하고 잔잔한 바람결에 달콤하게 만개하는 꽃

자연의 섭리에 절로 감탄사가 나오고
사랑하는 사람 곁으로 날아가는 솜사탕처럼
부풀어 오르기도 했다

이해타산이 없는 자연에 행복하고
사랑하는 마음과 아름다운 감성을 심어놓고
훌쩍 떠나오던 마음은 뭔가를 잊어버린 듯한
내 안의 그리움이었나 보다

그리움을 벗어 놓고 / 송향수

갓 피어난 꽃처럼
그리움을 벗어놓고
그대를 만나고 싶습니다

발이 있어도 달려가지 못하고
마음이 있어도 표현 못하고
손이 있어도 붙잡지 못합니다

늘 미련한 아쉬움과 살아가며
외로움이 큰 만큼 그리웁기만
합니다

선잠이 들어도 그대 생각으로
가득하고 깊은 잠이 들면
그대 꿈만 가득하답니다

견디기 힘든 시간도 날마다
이겨낼 수 있음은 그대가 내
마음을 알아주기 때문이랍니다

비 오는 날엔 더욱 그립습니다

시인 염규식

프로필

한울문학 시 부문, 대한문학세계 수필 부문 등단
(사)창작문학예술인협의회 회원
대한문인협회 부산지회 정회원
2021년 한국문학 예술인 금상
2022년 짧은 시 짓기 전국 공모전 대상

〈저서〉
제1시집 〈사랑은 시를 만들고〉
제2시집 〈사랑은 시를 만들고 제2집〉
수필집 〈끝나지 않은 인생길〉

시작노트

누구나 완성된 그림을 바라볼 수는 없겠지요
세상을 마무리하는 순간까지도 우리는
무엇인가 열심히 그리고 있을 테니까요

잠시 멈춰서 바라보았던 나의 미완성 수채화
봄 햇살 가득한 지금 이 시각도 열심히
어느 한구석 예쁜 한 점으로 그려지고 있음을
나의 영혼으로 느껴 보는 시간입니다.

시 〈미완성 수채화〉 중에서

목차

시낭송 QR 코드

제 목 : 미완성 수채화
시낭송 : 박영애

제2시집 〈사랑은 시를 만들고 제2집〉

그리운 시절 / 염규식

우리
청산의 푸르름에 친구 되어 뛰놀며
산새들과 합창하던 때
언제였던가

깊은 골짜기
흐르는 물소리와 함께
뻐꾸기 울음에 사랑시 한 소절 읊어내고
맑은 물에 초록 꿈 담그며 물장구치던 시절
그 언제였던가

개울가 흐르는 물 따라
이파리 하나 동동 떠 있는
차고 맑은 옹달샘의 그리움
깊은 산속 먼발치 지는 해에
다시 올봄을 기다리며 추억에 젖어 본다.

기다리는 마음 / 염규식

당신으로 인해서
세상이 더 아름답게 보이고
내 삶의 가치가 소중히 여겨지고
함께 있으므로 행복해할 수 있는 사람

표정 없이 그냥 미소 하나만으로도
늘 곁에서 나를 지켜주는 든든한 사람
행복을 느끼게 해주는 당신입니다

너무도 행복의 기쁨이 소중해서
어느 순간 누군가 이 행복을 앗아갈까
두려움에 행복에 겨워 속울음도 울었지요
당신은 그렇게 나에게 소중한 사람이었습니다

그대와 함께하였던 모든 시간이
나에게는 이 세상에서의 가장 소중하고
행복한 시간이었습니다

지금도 해바라기처럼 잊지 못하는 그리운 당신을
언제나 나의 곁에 돌아오기를 기다리며
당신 향한 그리움에 하얀 밤을 지새우며
난 그대의 사랑을 위해 기도합니다.

당신의 미소 / 염규식

비 온 뒤 화사하게 비추는 햇살처럼
당신의 눈빛에 저의 모든 상념은 부서지고
내 마음은 어느새 당신의 사랑 속으로 달려갑니다

봄날 아침 햇살처럼 부드럽게
나에게 가만히 다가올 때면 언제나
꿈을 꾸는 듯 착각에 빠지곤 합니다

당신의 부드러운 미소는 나에게는 축복입니다
한없는 행복함에 눈물이 날 정도로
세상에 이보다 더한 행복은 제게 없을 것입니다

그대여! 내 사랑하는 그대여
나에게 사랑의 행복함을 주는 그대여
언제나 당신을 사랑합니다

당신의 그 미소와 눈빛 속에
나의 모든 사랑과 마음을 드립니다.
그리고 언제나 당신을 많이 사랑합니다.

미완성 수채화 / 염규식

돌아다 봅니다 삶의 뒤안길을
어느 날 문득 하얀 화선지를 조금씩 채워가다가
멈추고 말았습니다

지금까지 무슨 그림을 그려왔는지
앞으로 더 채워야 할 것이 무엇인지
지우고 싶어 지우개를 찾은 적은 없었는지

참으로 열심히 그려온 화선지의 그림이
지금은 약간 후회와 안타까움으로
잘 마무리를 할 수 있을까 불안합니다

누구나 완성된 그림을 바라볼 수는 없겠지요
세상을 마무리하는 순간까지도 우리는
무엇인가 열심히 그리고 있을 테니까요

잠시 멈춰서 바라보았던 나의 미완성 수채화
봄 햇살 가득한 지금 이 시각도 열심히
어느 한구석 예쁜 한 점으로 그려지고 있음을
나의 영혼으로 느껴 보는 시간입니다.

바람과 별 그리고 그리움 / 염규식

바람과 별 그리고 사랑과 그리움
이 모든 것이 내 안에 존재하는 것은
그대가 내 안에서 그리움으로 남아 있기 때문입니다

그리움은 그리움으로 끝나는 것이 아니고
그리움을 오래 삭이면 별이 된다지만
가슴 가득 밀려오는 시린 바람 소리는 어쩌란 말이냐

밤하늘 허공에서 헤매는 그리움은 또 어쩌란 말이냐
오늘따라 무척 그리운 당신이 너무 보고 싶어서
그래서 그대가 그리울 땐 밤하늘의 별을 보고 있습니다

사랑도 그리움도 미움도 밤하늘 흐르는 바람 따라
모두 날려 보내면 그대 향한 그리움도 사라질 수가 있을까
내가 밤하늘의 별이 되어 그대 있는 곳 비추면 그대는
그리움에 지친 그대 향한 내 사랑을 알 수가 있을까?

밤하늘에 사랑의 시를 / 염규식

그대를 향한 그리움이 보고 싶다고 그리워한다고
당신에 대한 그리움이
치유된다면 밤새워 그리워하겠습니다.

당신이 좋아하는 시 한 편 하나하나에
밤하늘에 빛나는 별들에 주어진다면
당신의 흔적이 이젠 하늘 가득 뿌려졌습니다

하지만 이제는 푸르고 맑은 밤하늘의
저 수많은 별을 다 헤아려 봐도
당신의 이름을 다 새길 수 없습니다

당신의 사랑은
언제나 그랬듯이 그리움 가득 흘러내리는
뜨거운 눈물에 아롱져 가슴 깊숙이 아려 옵니다

밤하늘이 차갑습니다.
하지만 나는 오늘도 별 하나의 추억과
그대를 위한 사랑의 시를 저 밤하늘에 띄울 것입니다.

봄이 지나는 여울목엔 / 염규식

봄이 지나는 여울목엔
가슴 시린 수많은 얘기들이
겨우내 아픈 이끼처럼 쌓여 있습니다

부끄러운 지나간 나의 모습에
세월은 소리 없이 싸늘하게 지나가고
아쉬움의 흐르는 세월은 바람에 스쳐 갑니다

아직도 그리운 그대를 생각하면
아물지 않은 상처는 세월에 무디어져도
나의 눈빛은 쓸쓸한 가로등을 연상합니다

내리는 봄비에 나의 가슴 시린 계절은
길 잃은 아이가 되어 허공을 헤매고
홀로 견뎌야 하는 나 혼자만의 겨울이 됩니다

과거가 된 아픈 사랑을 보내지 못해
오고가는 계절을 원망해도 이별을 깨닫지 못함은
아직도 당신은 나의 그대이고 내 사랑이기 때문입니다.

사랑과 고독 그리고 내일 / 염규식

세상 사람 누구나가 가지고 있는 습성이
때론 그저 홀로 길고도 기나긴
고독의 강을 회유하다
스스로 외딴섬 안에 갇히고 만다

기다리지 않아도 늘 돌아오는 시간
스쳐 가버린 지금은 잃어버린 세월이고
혼자 남겨진 공간 차라리 고독에 빠지자

기다림의 울타리 늘 희뿌연 성애만 남겨진다
죽지 못해 산다는 것은 너무나도 슬프다
쓰러지는 나를 안고 어둠 안에 잠든다

총총히 새겨둔 별빛 사이
서로가 까마득히 멀고 먼 자리에
언젠가 물밀듯 다가오는 사랑 또한
저 별빛처럼 너무나도 멀게만 느껴진 하얀 공간

하지만 고독 속에서 내일은 오고
고독 속에서 이 밤 하나의 생명은 잉태하고
찬란한 산고를 거쳐 내일이란 이름으로
탄생하고야 만다.

*먼 훗날 펼칠 하나의 작품을 위해 새벽을 보내며......,

삶의 이유 / 염규식

어제 그리고 오늘 만난 세상 지친 얼굴들
영혼이 없는 안부 인사가 그렇고

치열하게 비워가며 투명해지는 삶 속에서
아직 건재하고 진통을 느낄 수 있는 것은
살아 있다는 것을 실감하게 하는 것이리라

한 잔 술에 취하기도 하고
시 한 편을 위해 머리를 싸매는 것도 그렇고
내리는 빗소리 들으며 잠깐의 낭만도 그렇다

우주의 작은 먼지 같은 세상
돌아가는 꼴을 안 보기도 그리하고
밥그릇 싸움하는 인생사도 그리하고

조금은 맑고 누가 시키지 아니해도 때가 되면 싹이 나고
꽃이 피고, 가물면 비 내리는 우주의 법칙을
서로가 접속할 여유가 있다면 조금은 나아질까?

하늘의 별 같은 그대 / 염규식

참으로 소중하고 귀한
아끼고 싶은 한 사람 있습니다

나를 사랑하지 않는다고 하더라도
평생을 기다리고픈 그런 사람입니다

그대에게 나의 가진 생명을 전부를 준다고 해도
아깝지 않을 그대 단 한 사람

하루라도 생각하지 않으면
못살 것 같은 사람

어느 곳에 있더라도
내 기억 속에 떠오르는 당신입니다

그런 당신은 내 삶의 가장 소중하고
없어서는 안 되는 내가 사랑하는 단 한 사람입니다.

시인 은별

프로필

전남 영광 거주
대한문인협회 시 부문 등단
사)창작문학예술인협회 회원
대한문인협회 서울지회 (홍보차장)
사)한국마이다스밸리댄스협회 (강사)
2022년 8월 3주 "한여름의 수채화" 좋은 詩 선정
2021년 현대시와 인물 사전, 명인명시 특선시인선 선정
2021년 향토문학상, 2018년 신인문학상 수상

시작노트

늘 소녀의 감성으로
일상의 여백을 시처럼 음악처럼
꽃밭을 가꾸며 보낸다

내 영혼을 풍요롭게 만드는
무한한 시공간 속에서...

보석 같은
한 편의 시를 쓰기 위해
혼신을 다하고
그리운 이들과 함께 추억하며
행복한 삶을 염원해 본다.

목차

시낭송 QR 코드

제 목 : 한여름의 수채화
시낭송 : 최명자

공저 〈2021 현대시와 인물 사전〉

코스모스 / 은별

찬란한 순간
아련한 추억 새기고 간
그리운 너

미려한 바람 끝에도
하늘거리는 네가
애틋이 사랑스러워

예쁜 가을이라서
고운 모습 가기 전에
눈에 담아내어야지

가을의 문턱 /은별

산들바람 부는 언덕
가을 문턱에 서면
부모님이 사무치게 그리워
고향 생각 절로 난다

두근두근 짙은 가을향기
유년의 추억이
뭉클뭉클
가슴을 방망이질하고
청록빛 가을 하늘처럼
선명하게 각인되어
뇌리를 스쳐 간다

노을이 지고
달빛이 내리는 저녁
아련한 향수에 젖어
소슬한 가을밤은 깊어만 가네

만추의 계절 / 은별

어린잎 피어나
초록으로 반짝이던
싱그러운 봄날
가슴 뛰며 설레었지

초록잎 물들어
단풍으로 변해가던
풍경을 바라보며
황홀하여 눈물 흘렸지

계절의 뒤안길
낙엽이 우수수
바람에 나부끼고
발밑에 바스러지는 소리
가슴을 참 아리게 하는구나

단풍이 곱게 내려앉은
만추의 계절
가을이 깊어가니
마음도 깊어간다

소복이 쌓이는 소망 / 은별

밤새 흰 눈이 내려와
하얗게 핀 눈꽃의 향연이
나뭇가지마다
별빛처럼 빛나고

아릿한 세월
추억의 언저리마다
소복이 쌓이는 소망
낭만과 아름다운
미지의 여행을 꿈꾸며
영혼까지 설레어 온다

만물이 소생하고
긴 겨울 끝에 봄이 오듯
희망으로 그리는 마음
삶은 언제나 축복이어라

시인의 봄 / 은별

아날로그 감성으로
시인의 마음으로
봄을 맞이하고 사랑하리라
극복할 수 없는 시련은 없다
긴긴 겨울
혹독한 추위 속에도
봄은 오고 새싹이 돋고
꽃이 피어난다
약속처럼 다시 돌아온 계절
상큼한 매력
수줍은 봄 아가씨
꽃눈 틔우는 날
짙은 감성으로 봄을 담아
마음에 스케치하고
봄 향기 따라 시를 읊으리라

봄의 교향곡 / 은별

소곤소곤 해님이
놀다 간 자리
향긋한 꽃내음 설레어라

살랑살랑 바람이
머물다 간 자리
그리움이 회오리치며
서성이네

흐드러진 꽃길
일렁이는
아지랑이 속으로
울려 퍼지는
환이 찬 노랫소리

양지바른 골짜기 산야
해빙의 물소리
봄의 교향곡을
연주하며 흐른다

그리운 고향의 여름밤 / 은별

땅거미 짙게 내리고
초롱초롱 빛나는 밤하늘에
별들이 숨바꼭질을 한다

초저녁 하늘에
반딧불이 수놓으며
풀벌레들의
합창연주가 시작되었지

암울했던 시절
여름밤이면 마당 멍석에 누워
별을 헤아리며
형제들과 도란도란
웃음꽃 피우고
행복했던 아름다운 별밤

기억 속에 멈춰버린
지난날들이
순간 와르르 몰려와
텅 빈 방안에 그리운 이야기를
한가득 풀어놓는다

한여름의 수채화 / 은별

고즈넉한 산사의 풍경소리
번민과 시름을 잊고
한여름 무성한
푸른 숲길 거닐며
유유히 흐르는 강물을 바라본다

조잘조잘 새들의 고운 선율
심금을 울리고
오감을 깨우는
청량한 숲의 향기 묻어나는
시원한 바람의 숨결을 느끼며

출렁이는 파도처럼
짜릿한 하늘길
뜨거운 여름빛이 가을로
물들어가고

한 폭의 수채화처럼 펼쳐놓은
넓은 들녘에는
풋풋한 열매들이 주렁주렁
소담스럽게 익어간다

멀리서 들려오는 희망의 소식 / 은별

희망의 봄을 그리며
그리움으로 걷는 옛길
기나긴 겨울을 품은 풀숲에도
약동하는 새봄의 기운이
스며들어 속삭이고

우리 앞에 무수한 날들이
간절한 바람으로 기적처럼 펼쳐져
환한 웃음을 자아내게 하는
마법의 빛이
꿈과 희망의 용기를 주고

길고 외로운 시간
멀리서 들려오는 희망의 소식
모두가 잃었던 일상에
자유의 기쁨이
축복 가득 설렘으로 다가온다

아득한 그곳 / 은별

하늘에
구름이 흘러가고
가슴에 익숙한
바람이 스쳐 간다

아득한 그곳
하늘 끝 저편에
그리운 내 고향이 있었지

앞산 뒷산
강물이 흐르고
칠 남매가 뛰어놀던 곳

그곳에도 지금쯤
매미 소리 우렁차고
반딧불이 수놓겠지

명인명시 특선시인선
2023

시인 이동백

프로필

충북 청주 거주
대한문학세계 시 부문 등단
(사)창작문학예술인협의회 회원
대한창작문예대학 졸업
대한문인협회 기획국장

〈저서〉
시집 〈동백꽃 연가〉

시작노트

생각의 불을 켜 놓은 채
잠자리에 들면
신의 예지가 스며든 궁리로
더 좋은 글을 쓸 수 있다는 방도로
보고 듣고 읽고 경험하며 느낀
삶의 이야기를
가슴으로 담아낸 글이
허기지지 않고
영혼을 가난하지 않게 할 수 있다면
또한 나 자신에게
위안이 되기도 한다면
늘 생각의 불을 켜 놓으려 합니다.

이번에는 저의 시집 "동백꽃 연가"
에서 작품을 꺼내 보았습니다.

목차

시낭송 QR 코드

제 목 : 하얀 그리움
시낭송 : 박영애

시집 〈동백꽃 연가〉

말과 글 / 이동백

말은 맛이고
글은 멋이다.

말은 즉흥이고
글은 여운이다.

말 잘한다고 글 잘 쓰는 것도 아니고
글 잘 쓴다고 말 잘하는 것도 아니다

말을 많이 해야 잘하는 것도 아니고
글을 많이 써야 잘 쓰는 것도 아니다

말은 잘해야 하고
글은 잘 읽어야 한다.

말은 동(動)이고
글은 정(靜)이다.

눈물도 그리움이 되게 하는 것은 / 이동백

울음을 터트릴 수 있다는 것은
기댈만한 그 무엇의 여분이 있는 걸까
까마득한 절벽에 부딪혔을 땐
눈물을 흘릴 여력조차도 없더라

앞뒤가 꽉 막혀
헤어날 구멍을 찾으려 발버둥 칠 때
힘들다는 현실을 깨닫지 못하는 것을
오직, 방도를 내야 한다는 차가운 머리와
뜨거운 가슴으로 견뎌낸 흔적들은
세월이라는 도깨비방망이가
나도 모르게 슬쩍슬쩍 지워주더라

덧댄 그리움이란 회상으로
아련한 추억이라는 선물이 되어
낯선 빛깔로
윤색(潤色)시켜 놓는 것이 세월이더라.

동백꽃 연가(戀歌) / 이동백

그리움을 베개 삼아
홀로 부딪히는 물결의 파란 외침을 들으며
심연의 바다에서 고기 잡는 낭군 생각에
드러난 갯벌이 밀물을 기다리듯
가슴 졸이는데

안개 사이로 스며드는 달빛처럼
다가오는 검은 그림자에 쫓기다
뜨거운 정절 지키려고
절벽으로 뛰어내린 혼이 살아나
하얀 겨울의 여신으로 살아나 붉게 피어난 꽃

낭군을 기다리다 지쳐
시퍼렇게 멍든 초록 옷을 입고
수줍은 섬 색시가 입을 살포시 벌린 모습으로
동박새의 고운 목소리를 빌려
노래를 부릅니다
나는 당신을 사랑합니다
나는 당신을 사랑합니다.

아모르파티 / 이동백

삶이란 꽃길 향해 달리는 길고 긴 여로
꽃은 피고 지고 피고 지고
미로로 가는 수없이 많은 길을 만나지만
어떤 길을 택해야 할 땐 가슴이 뛰는 데로

삶이란 사랑 찾아 꿈을 찾아 즐기는 여정
울기도 하고 웃기도 하며
하루하루의 빈칸을 채워 나가면 되지
신기로운 변화를 만들어 가고
슬픔도 기쁨도 받아들이는 것이 인생

삶이란 가슴이 시키는 일 찾아 떠나는 여행
발길 가는 데로 가다 보면
천둥도 치고 무지개를 보기도 하지
삶의 유랑 길에 손에 꼭 쥔 사랑 놓치지 말고

울림을 남기고 싶으면 글을 쓰고
춤을 추게 하고 싶으면 연주를 하고
아모르파티
아모르파티

지게에 짐을 져봤는데 / 이동백

짊어진 짐이 양어깨를 짓누르면
버거움의 그늘이 일찍 철들게 하더라
그 짐은 가벼운 행동을 굼뜨게 하고
온전하게 살아내게 하는 원동력으로
삶에 영향을 미치게 하더라

빈 화물차가 언덕을 오를 때 헛바퀴 돌 듯
짐은 버팀목 되어 힘을 받게 하고
감당해야 할 짐이 무거울수록 고된 육신은
삿된 일은커녕 멍석잠에 빠지게 되더라

진한 어둠이 깔린 바다로 뛰어들 땐
죽을 각오를 하기에 살아나올 수 있듯
소용돌이치는 삶의 바다에서
나를 가둔 채 한세월을 떠안고
내 삶의 무게를 묵묵히 지탱해 보리라

하얀 그리움 / 이동백

메밀꽃 필 무렵이면 떠오르는 봉평
소설책 읽던 기억 맛보고 싶어
"소금을 뿌린 듯이 흐뭇한 달빛에
숨이 막힐 지경이다"
한 구절 읊조리며 메밀밭 사잇길 거닌다.

울림이 있는 문학의 축제장에서
소설 속 장마당을 구경하고
상상의 나래를 펴 보려는 듯
알록달록 모여드는 인(人) 꽃들의 행렬

하얀 메밀꽃은
효석의 운명처럼 짧게 피어 아쉬움 남고
하얀 그리움으로 머무는데

세월이 흘러도 소설 속 이야기는
내 마음에 깊이 각인되고
사색의 공간을 채우는 인향(人香)은
인연의 달빛 언덕으로 스며들어
영혼의 꽃이 핀 듯 하얗게 살아난다.

좋은 시(詩)를 써보려는 마음 / 이동백

현란한 액세서리로 멋을 내고
거추장스러운 옷을 입혀
낯설게 하면
진솔한 모습은 숨어 버린다

다이어트 한 늘씬한 몸매에
앙상하게 드러난 뼈마디를 감추듯
단아하게 드러난 뼈마디를 감추듯
단아하게 차린 옷을 입혀
한 것 멋을 낸 모습이면 좋다

긴 이야기를 짧게 응축시키고
정갈한 한 마디의 구절을 찾아
정황에 딱 맞아떨어지는 비유가
하얀 속살을 살짝 감춘 듯
묘사할 수 있으면 좋으련만

그 난해한 시어를 낚아 올리려
유랑하는 내 영혼은 여위어간다.

살아보니 / 이동백

어른이 되면
그림 같은 언덕 위 하얀 집에서
물처럼 바람처럼 살고 싶었는데
꿈일 뿐이더라

어른이 되면
동화 속 이야기처럼 백마 탄 왕자님과
예쁜 유리 구두 신고 꽃길만 걷고 싶었는데
꿈일 뿐이더라

어른이 되면
메밀꽃 같은 별이 쏟아지는 밤
가슴 저미는 사랑 노래만 부르고 싶었는데
꿈일 뿐이더라

삶은 꿈이고 꿈은 인생이더라

인연(因緣) / 이동백

뜨거웠던 애정 세월 속에 묻어두고
그리움 멀리 두어야만 하는
맺지 못한 애달픈 사랑이 있습니다

서로 좋아 분신 품고 살면서도
미움의 상처가 된 매듭 풀지 못해
마지못해 사는 사랑이 있습니다

엇갈린 원망 애를 태우다
고통은 슬픔이 되어
외면해야만 하는 사랑이 있습니다

소중한 인연이라는 첫 마음 지키며
소탈한 웃음으로 텃밭을 가꾸듯
영혼을 태우며 사는 사랑이 있습니다

좋은 인연이 되어 평생을 사노라면
애증으로 뒤엉켜 사무치는 가슴
알 수 없는 운명이란 끈, 하늘도 모릅니다.

12월에는 / 이동백

마음을 가다듬는 한 해의 끄트머리 달
해마다 그랬던 것처럼
올해도 아름다운 마무리로
미련 같은 거 남기지 말았으면 좋겠습니다.

오고 간 우정과 사랑엔
고마움과 감사가 묻어나고
베풀고 나눌 수 있는 따뜻한 이야기로
함께 어울려 웃음꽃 피웠으면 좋겠습니다.

한 해 동안의 희로애락도
더 잘해주지 못한 아쉬움도
훈훈한 온기로 눈을 녹이듯
오래 기억되는 여운만 남겨 놓았으면 좋겠습니다.

내가 뿌린 씨앗 정성으로 거두고
마무리는, 또 다른 시작을 의미하듯
좋은 씨앗을 간직한 채
하얀 눈이 내리는 정겨운 풍경이면 좋겠습니다.

시인 이문희

프로필

대한문학세계 시 부문 등단
(현)대한문인협회 정회원
(현)서울시인학교 정회원
(현)문학의 숲 고문
한국문학 올해의 시인상(18)
한국문학 발전상(19)
2020년 명인명시 특선시인선(19)
2020년 유화로 보는 명인명시선(20)

시작노트

그대 떠난 지 8개월이
지나는데도
꿈인지 생시인지
사하라의 거친 꿈만 꾼다

한 치 앞이 안 보이는
모래바람
도깨비장난처럼
앞을 가로막고 선
모래언덕

시 〈사하라의 눈물〉 중에서

목차

시낭송 QR 코드

제 목 : 장 보러 가는 길
시낭송 : 장화순

공저 〈2022 명인명시 특선시인선〉

양평 문학기행 / 이문희

유유히 흐르는 강물
한강 뮤지엄. 다산 유적지
라온 숨 식물카페
커피 향이 달콤 고소했다

주르륵주르륵
눈물 젖은 안드레센 묘역
엄마 – 엄마아 –
참 부모 하느님. 애타게 부르는
정은이의 젖은 목소리

파아란 하늘빛 오리알
세상에서 가장 작은
숲속 창란교회 하늘문 열리고
여보 사랑해 사랑해 사 랑 해

양수리 족자섬 끌어안고
80년을 우는 독백탄
옛 님은 간곳없고
몸서리쳐 울부짖는 남 북한강

빗물 눈물 한입 가득 문
두물머리 뜨거운 핫도그.

밤꽃의 눈물 / 이문희

천안 논산간 고속도로변
산 뒤덮고 늘어진 꽃

6월도 어느새 중반을 지나고
이인 여산 공주 안성을 지나는 동안
절정을 이루고

갑자기
하늘이 무너지는 천둥번개
사나운 소낙비
묵묵히 고개 숙이고
운명 앞 말이 없는 모습

입힌 상처
감내하면서
무수히 중무장한
씨방 가시가시

스스로 배를 찢는 모성애
휴게소마다 넘치는
공주 밤빵 호두과자

말없이 바라보는
밤꽃 향기.

황소개구리 / 이문희

1970년도
가난했던 시절
굶주림 벗어보자고
먼
미국에서 시집온
처녀 총각들

땅속 굴을 파고 동면
봄이 오면
가장 먼저 찾는
몸살 나는 님 생각

물길 따라 걷는 원천길
대추나무 쉼터
감나무 쉼터
그냥 쉼터
솔 향기 쉼터
지나오는 동안

꿰액꿰액 꿰액꿰액

소낙비 내린 뒤
목이 부어오른 황소개구리
십 리 밖 님의 발자국
아장아장 걸음걸이
어느 세월에 만나
볼 수나 있을런지
살아나 있으런지

사금파리 / 이문희

동네 어귀 고샅길 따라
물보라 꽃피우며
소낙비 지난 뒤

보석처럼 빛나던
사금파리
개다짝 정도야
양쪽으로 두 동강

나막신 밑에서 고분고분
바스락바스락
으스러지는 순종

고사리 고운 손이
주어다가 밥상 차리고
나물 무치던 소꿉동무
어린 시절 순이 순이

하얀 서리 내린
쭈글쭈글 보고픈 할망구
지금은 어느 곳 어디서
홀로 늙어가고 있는지

행여 매정스레
죽지는 않았을지
지금도 고샅길 지키는
열녀 같은 안개 서린
사금파리 사금파리.

배롱나무꽃 / 이문희

7월
타는 듯 피는 꽃

너는 전생에 무슨
죄업 있길래 백일을
피워야만 굶주린 배
쌀밥을 먹게 되는가

매끄럽고 하얀 속살
고사리 같은 손으로
겨드랑이 간지럽힐 때마다

하하 호호
자지러지게 웃던
인정 많은 누이

온 동네 어린아이들
휩쓸어 간
무서운 천연두
내 누이 두 얼굴에
붉은 꽃 피워 놓고
빼앗아 간 곳 어디메냐

눈물 많고 한 많은
백일홍꽃이 되어
피어난 후무꼬
내 사랑 누이야.

사하라의 눈물 / 이문희

그대 떠난 지 8개월이
지나는데도
꿈인지 생시인지
사하라의 거친 꿈만 꾼다

한 치 앞이 안 보이는
모래바람
도깨비장난처럼
앞을 가로막고 선
모래언덕

느닷없이 수십 길 아찔한
낭떠러지 단애가
입을 벌리고 사자처럼
달려든다

입술은 말라붙고
눈물조차
목은 타는데
오아시스 오아시스

실낱같은 그리움
꿈조차 꿈이 되어 끝이 없는
사하라의 비정한 그대 모습

장 보러 가는 길 / 이문희

원천공원 지나서 송내역 가는 숲속
병든 아내 손 잡아 삐뚤삐뚤 걷기운동
시키던 길

혼자 걷는 발자국마다 눈물 한 바가지씩
앞길 가로막아 가던 길 멈추고
참고 참았던 대성통곡
봇물 터지듯 주저앉아 쏟고 말았습니다

졸졸 소리 내 흐느끼는 개울 물소리
먼 산 숲속의 쑥국새 우는 소리

울타리 타고 기어
오르는 갓 피어난 나팔꽃
소리소리 지르며 목멘 소리 함께 웁니다

100년 만에 제일 큰 슈퍼문
달빛 따라 찾아올 떠난 사람 만나려고
배낭 들쳐메고 제사음식
추석장 보러 가는 길.

엄니 생각 / 이문희

오늘따라 하도 외로워
목이 메인 울 엄니
보고파서 웁니다

여덟 살 어린애가 아닌
여든이 넘은 할배 아들
엄니 엄니 부르며

비 내리는 가로수
낙엽 구르는 소리

갈기갈기 찢어지는
갈대밭
휘파람 소리

죽을 듯 온몸 아파도
스무 살 갓 피어난 장남
장장 6개월 동안을
날마다 저승사자
데리러 올 때마다

때굴때굴 땅바닥에
구르면서 날 먼저
데려가 달라고 울부짖던
가여운 우리 엄니

끝내 부처님 가호 이끌어
재생의 빛으로 꽃 피운
목련존자의 사랑
못지않은 거룩한 모정

짙어가는 가을 단풍
붉게 타는 노을 앞
마지막 불태우는 그리움
목이 메어 웁니다.

내 살던 내 동네 / 이문희

세상에서 가장 아름다운
독두산 품속에 자리 잡은
60여호 작은 동네

동촌과 서촌으로 나누어진
동네 한 가운데 독두산
옥문이
졸졸졸 소리내어 흐른다

아무리 극심한 가뭄에도
마르지 않는 성수
여름에는 시원한 냉수
겨울에는 따뜻한 온수
목마른 길손들 감탄을 한다

독두산 숲속 뿌리에서
시작된 방울방울이 모여
저수지에 잔잔한 면경수

먼사무소 가는 길 새터골
오빵곡을 지나 오리나무숲
비석거리 넘어가면 배고픈
진달래 유채꽃 자운영 피고
실고개 지나 장성굴 연방죽
건지산이 칡넝쿨 드리우고
선녀 같은 연꽃들 빙그레
아름다운 미소

밤새 두레질해도
마르지 않은 뒷갱이
우물물은 달디 단
메마른 가뭄에 젖줄

도리봉 한강솔 소나무밭
향긋한 생키냄새
깊은 밤 남폿불 밝히고
주경야독 야학방 아저씨
아짐씨들

가갸거겨 고교구규그기
아야어여 오요우유으이
글 읽는 소리

무논에 달그림자
임 그려 밤새우는
개구리 울음소리

독두산 땅솔나무 숲
밤새는 줄 모르는 처녀총각
두근거리는 가슴 가슴
사랑을 불태우는 한밤중
꽃봉오리 터지는 소리

사계절 사랑이 꽃피는
내 살던
정 그리운 내 동네

poem art
명인명시 특선시인선
2023

시인 이의자

프로필

대한문학세계 시 부문 등단
대한문인협회 정회원 (부산지회 정회원)
(사)창작문학예술인협의회 회원
대한창작문예대학 9기 졸업
대한문인협회 부산지회 향토문학상 동상
대한창작문예대학 졸업 작품 경연대회 동상

〈공저〉 문예대학 졸업작품집 "가자 詩 심으러"
2021년 현대시와 인물 사전

시작노트

중년의 어느 길목에서 소망이던 꿈길 한 송
이 꽃이 되길 위해 한 자 한 자 마음속에 담
아 두었던 시어들을 갈구하며 밖으로 선을
보일 때 그 감동은 정말 행복했답니다.
마음을 열어 글이 되고 시가 된다는 기쁨 오
늘도 머릿속엔 시어 밭을 가꾸어 가고 있습
니다
삶의 진자리 행복과 시 향으로 채우며 살아
가렵니다.

목차

시낭송 QR 코드

제 목 : 고속도로 위의 여정
시낭송 : 조한직

공저 〈2021 현대시와 인물 사전〉

고속도로 위의 여정 / 이의자

하염없이 내리는 빗속을 헤치며
줄지어 달리는 자동차
차바퀴 뒤엔 물안개를 내뿜으며
쭉쭉 뻗은 고속도로 위를 질주하는 무법자
두 팔 다 벌려 마음을 내어준다

길가엔 싱그러운 초록으로 유희하고
스치는 바람결에 흔들리는 맘
노랑 물결 설렘으로 수놓고
활짝 웃는 해맑은 순수의 환희
뻥 뚫린 가슴 맑은 샘물 흐르듯 흐른다

달리는 인생길 오늘의 기쁨도 슬픔도
모두 바람결에 내어주고
환희에 찬 미소로 가슴에 멍든 애환
하늘도 위로하듯 빗방울로 씻기어 나간다

삶의 무게만큼 억눌렸던 세상
푸른 초원의 울림과
만발한 꽃들의 만찬
달리는 차 창 가로 미소 가득 실려 보낸다
나의 인생길이여

가을 연서 / 이의자

가을, 가을은 참 좋다

등줄기에 땀방울도 흘러내리지 않고
아무리 뛰어도 바람만 흩날리니
옷깃을 여미는 멋진 포즈에 낭만이 깃들고

여울져가는 담 언저리에
홀로 남은 단풍잎
쓸쓸해 보이지만 담장 밑엔
웃고 있는 국화 한 송이

가을은 그렇게 익어 사색에 들고
곡간은 차곡차곡 겨울을 준비하는데
농부는 못다 한 추수 늦을세라
허리 한번 못 펴는 일과

자연은 그렇게 삶의 길을 열어 놓고
감사와 인내로 순응하며 살라 하니
피고 지는 노고지리
황금빛 가을 속으로 걸어가 본다.

칠월 어느 날 / 이의자

뜨거운 햇살 아래
잠시의 여유 시간
더위에 달구어진 홍당무처럼
치솟는 땀방울 매서워라

한바탕 휩쓸고 간 빈자리
손님들 발자국의 울림
아직도 혼미한 정신 애써 웃어 보인다

뜨거운 햇살도 그늘막 아래
읊조린 등 위로 지나는 바람
뜨거운 열기 날려 보내니
우라차차 냉온이 따로 없네

삶의 진자리
윤슬처럼 빛나고 숭고하니
아름다운 마음의 뜨락
행복 꽃으로 꽃피우리라.

봄은 향기로워라 / 이의자

메마른 가지 위엔 초록이 물들고
대지엔 노랑 분홍으로 수놓으니
아름드리 꽃향기 남풍 따라 흩날립니다

개울가 흐르는 물줄기
꽁꽁 얼어붙었던 동맥을 뚫고
비상하듯 한 마리 새가 되어

푸른 하늘로 나래짓 하니
산들바람 속으로
한 점 조각구름도 두둥실 춤을 춥니다

길섶 진자리엔
민들레 한 송이 씨방을 안고
봄 향기 가득 채워 찐한 숨결로 다가옵니다.

이팝나무 / 이의자

하늘거리는 백옥 같은 꽃술이여
송송히 솟은 너의 모습
아리도록 곱고 깨물고 싶은 너의 자태

바람 따라 흘러가는
이 마음
어찌 잡으리

네 곁에 머물고파
한 점 바람이고 싶어라

순백의 물결로
그리움을 쌓게 하고

너의 빈자리
흩어진 향기 청록으로
가득 채워주리라.

겨울 끝자락 / 이의자

비가 내려 땅속의 새싹들 태동을 느낄 때
오늘따라 더 밉상 궂은 추위는 시기하듯
냉랭한 찬 공기로 몸을 더 움츠리게 하고

하늘은 잿빛으로 치장하고
강가엔 버들강아지 새록새록
퇴색된 얼음 사이로 봄을 알리듯

푸르름에 헐벗은 가지엔 꽃망울을 잉태하고
날갯짓하는 참새들 춤사위
스치는 바람결도 사뿐히 내려앉으니

뜨락에 다소곳이 핀 동백꽃도
붉은 연정 뒤로하고 그리움으로
오신 임 자리 비워 여정의 길 떠나려 한다.

님의 그리움 / 이의자

그리움이 바람 되어 날갯짓하니
봄은 어느새 창밖 문틈에 와
부드러운 목소리로 노래하네요

차가운 바람도 유연함으로
새 생명을 잉태하듯 옹기종기
햇살을 벗으로 삼아 꽃망울로 터트리니
그리움이라 말하네요

낮이면 따사로운 햇살로
밤이면 차가운 공기로 순응하고
인내와 기다림의 고뇌

고통 끝에 맺힌 삶의 귀로
한 송이 꽃을 피우기 위해
동토에 비친 따스함
봄은 그렇게 사뿐히 곁으로 오네요

관계 / 이의자

별빛이 흘러내리는 야경
한 줄기 빛처럼 황홀했던 순간들
밤은 그렇게 조금씩 어둠을 삼킨다

어둠이 지나면 해가 뜨듯
인생의 길도 단위별로 이어져 온다

청소년에서 중년과 노년으로
삶의 굴레에서 부대끼며
서로의 사랑을 일깨워 간다

삶의 자락에서 핀 만물
씨앗을 맺고 꽃을 피우듯
공간 속에 피어난 아름다운 사랑이리.

새벽의 그리움 / 이의자

앙상한 가지 사이로
어둠을 가르고 흘러내리던
별들의 소곤거림은
낙엽의 친구 되어

엄동설한의 추위도 잊은 체
지난날 상흔만 붙잡고
매달린 낙엽은 별들의 따뜻한
온정으로 새벽을 맞는다

하나둘 켜지는 빌딩 속의 불빛
건물 사이로 스치는 바람은
두 볼을 가르고 스치는 순간
따뜻한 온기가 그리워진다

그리움이란 이런 걸까
희미한 가로등 아래
쓸쓸히 매달린 아픔인가
허전했던 가슴 아침 햇살에
따뜻함을 느낀다.

흩어진 시간 / 이의자

녹음이 짙어가는 칠월
엊그제만 하여도 연둣빛으로 살랑대던 봄 냄새도
내리쬐던 햇살 속으로 묻혀
꽉 다문 입술처럼 연정은 흘러내리고
묻혀버린 심장 소리는 고요하기만 하다

빈 가슴 두들겨 보지만 소식은 캄캄해
뜨거운 햇살에 녹아 바람으로 변형되었는지
스치는 바람결은 매섭기만 하다

푸른 바다는 무엇이든 수용하듯 온화하기만 하다
폭풍처럼 밀려올 땐
태산 같은 파도로 나를 삼키고
썰물처럼 빠져나갈 땐
잔잔한 모래알까지 쓸어가 버리는 무심한 영혼

다시는 그 자리에 휩쓸려 가지 않으려
일렁이는 파도를 붙잡고 매달렸지만
몰아치는 바람을 누가 막으리오

이미 강화된 퇴적물
고이 흩어진 마음 접어
샘솟는 맑은 수정체로 차근차근 채워 순응하리라.

시인 이정원

프로필

경기도 고양시 거주
대한문학세계 시 부문 등단
(사)창작문학예술인협의회 회원
대한문인협회 경기지회 정회원
경기도 물리치료사협회(KPTA) 정회원
2021 한국문학 베스트셀러 작가상 수상
2021~2022 2년 연속 명인명시 특선시인선 선정

〈저서〉
시집 "삶의 항로"

시작노트

뭉클하게 가슴이 저리는
진정한 시의 맛을 느끼고 싶다
시간이 흐를수록 곰삭은 새우젓처럼
더욱 깊어지는 시 한 편
봄철 어린 모에 생기를 불어주듯
싱싱한 시 한 편 써 보고 싶다

정제된 언어로 울림을 전하는 시
문학의 문턱을 넘어
감동과 여운이 폭폭 찌를
순금의 언어로 아름드리 채울 외길을
난, 오롯이 걸으련다.

목차

시낭송 QR 코드

제 목 : 해는 지고
시낭송 : 최명자

시집 〈삶의 항로〉

해는 지고 / 이정원

주홍빛으로 물든 하늘
수평선에 떠 있는 붉은 해 바라본다

유화로 채색된 한 폭의 그림처럼
구름 사이로 홍조 띤 얼굴을 내민다

잿빛 가루처럼 어둑해진
땅거미 내려앉은 자리에
그리움이 흐르고

하루가 저무는 시간
잔잔히 부서지는 파도 소리에
아련한 추억은 허공에 맴돈다

희망에 찬 행복 노래하며
오늘도 감사한 마음으로
깊은 명상에 잠긴다.

삶의 항로 / 이정원

수런거리는 파도가 부서지고
물보라 하얀 꽃이 향연을 펼치니
무수한 생각들이 버선발로 달려온다

숱한 세월 속
이루고자 했던 소망은 수면에서 헤엄치고
냉가슴처럼 얼어붙은 인생은
덩그러니 나뒹구는 조가비 같다

다람쥐 쳇바퀴 돌다 멈춰버린 의욕과
갈림길 없는 미궁에 갇혀버린 미래는
정처 없이 길을 헤맨다

한 줄기 빛 따라 연기처럼 피어날 순 없을까

진실한 나의 삶의 항로
깊은 침묵 속에서도 기도하며
선한 길을 찾아 나선다.

그리움이 머무는 바다 / 이정원

철썩철썩 파도가
하얗게 부숴놓은 그리움이 되어
나를 물끄러미 쳐다본다

보고파 하염없이 시렸던 가슴
바다가 감싸 안아 어루만져주니
물결 따라 흘러가는 아련함..

이젠
내 곁에 머문 그대와
수평선에 걸린 석양을 바라보며
새 희망을 새긴다

밀려오는 파도 소리
그리움이 머무는 바다
한 줄기 빛으로 심금을 울린다.

삶의 질량 / 이정원

질량이 가벼울수록 빠르지만
무겁다면 가속도가 붙는다

사방팔방으로 날뛰는 광자처럼
혈기 왕성했던 청춘 시절
짊어질 삶의 무게 아랑곳하지 않고
순간의 낭만 속도계만 올렸다

다람쥐 쳇바퀴 돌듯
숨 가쁜 심장박동수 부여잡은 채
사랑의 전자궤도를 맴돌았다

가속도가 붙은 야속한 세월
삶이 버겁다고 애간장만 태울 뿐
좀처럼 채찍을 가할 수는 없겠지

삶의 질량이
사랑과 비례치 않을지라도
맹목적인 사랑을 떨쳐 버리고
진정한 사랑을 찾는 인연 속의 굴레

사랑을 질량 무게로 측량할 수 없고
세월의 속도가 화살처럼 빠를지라도
애절한 사랑은 하염없이 흐른다.

제야의 종소리 / 이정원

쨍쨍한 계절이 지나고
곱던 낙엽은 겨울 문턱에 서성거리더니
앙상한 가지에 꿈을 숨기고 간다

앞산에 고운 잎 졌다고 아쉬워 마라
뜨거웠던 여름날의 열정처럼
다시 시작하면 그만인 것을
가을 앓이는 노을빛 속으로 흘려보내자

5월의 여왕만큼 아름답고 뭉클한
겨울 문지기 11월 장미도
연분홍 고운 자태로 겨울을 반기거늘

풍요로웠던 황금 들녘 회상하며
찬란한 기억으로 남을
제야의 종소리를 들어보자

봄 사랑이 오는 소리
새 세상을 반기는 희망의 소리를...

데칼로그 / 이정원

거룩한 십계명
신성한 땅 시내 산에
언약의 말씀이 새겨진다

채찍질 같은 삶의 시련
고난의 순간을
신앙의 돌판에 온전히 새기며
광야 같은 세상에 홀로 섰다

힘없이 바람결에 흔들리는 영혼
질그릇같이 연약한 인간

불타오르는 떨기나무에서
흘러나오는 세미한 음성
거룩함과 성결한 마음으로
신의 목소리에 귀 기울인다

탐욕스러운 마음 버리고
언약궤 말씀 마음속에 새기며
쉬지 않고 기도하는 삶 살고 싶다.

자율 주행 자동차 / 이정원

인적이 드문 황량한 도로
내비게이션 지도에
검은색 좌표가 깜박인다

큼지막한 물체
무인 자율 주행 자동차가
스마트폰 예약 시간에
카메라로 인식하며 다가온다

다소 냉랭하고
무미건조한 목소리로
"목적지를 말씀하세요"
옹알이하듯 스피커에서 내뱉는다

혜성처럼 나타나
길을 알리는 기계 덩어리
자세히 뜯어보면 쓸모 있으려나

얽히고설킨 인생의 좌표
그곳이 어딘지 모르지만
덩치만 산만 한 녀석아
길 잃지 않게 나 좀 안내해 주렴.

8월의 신부 / 이정원

이 좋은 날 축복이 가득한 날
8월의 신부 나의 사랑이여

그대와 손을 꼭 잡고
정감 어린 눈빛 주고받으며
마음껏 사랑을 속삭이고 싶어

그대 가슴에
내 영혼이 깃든 어여쁜 꽃향기가
활짝 피어났으면 좋겠어

우리 마음 깊고 깊을 거야

그대 사랑스러운 가슴에 내가 머물고
구름처럼 떠다니며
자유와 사랑을 누릴 수 있다면
우린, 얼마나 좋을까

행복하자 우리
나의 사랑 8월의 신부
영원히 사랑해.

살구나무 / 이정원

은은하고 달콤한 살구
마실길에 널 보며
한시름 내려놓는다

살구나무 길
평온한 마음으로
사랑스러운 그대와
살굿빛 언어로 속삭인다

살구색 고운 빛깔 자태
진정 그대는
나의 살구나무다

좋은 날
그대는 내 곁에 머무는
나의 살구색이다.

아버지의 시간 / 이정원

삼복더위를 지나 입추로 가는 길목
장맛비에 질퍽한 마음이
산마루에 걸려있다

삶 속에 송골송골 맺혀있는 아버지 땀방울
한 자리를 굳건히 지키는 고목처럼
내 곁에서 위로를 건네시는 아버지는
나에게 힘이 되는 존재이다

오늘도 어김없이 동녘에서 해가 떠오른다

인생의 반환점을 통과한 아버지 마음을
열병을 앓듯
가슴이 타들어 가봐야지 알 수 있을까

아버지를 부르면 '내 새끼' 하며
맨발로 뛰쳐나오는 아버지
자식을 향한 아버지 마음은
가을로 가는 시간의 여백을 빼곡히 채운다.

poem art

명인명시 특선시인선
2023

시인 이종숙

프로필

대한문학세계 시 부문 등단
(사)창작문학예술인협의회 회원
대한문인협회 경남지회 총무국장
금주의 시, 좋은 시, 이달의 시인 선정
2020, 2021 명인명시 특선시인선 선정
2021년 한국문학 베스트셀러 작가상
2022년 짧은 시 짓기 공모전 장려상

〈저서〉
시집 "나는 아직도 꿈을 꾸고 있다"

시작노트

가을이 물들어 갑니다
다시 기다리는 봄

생명의 희망을 품고
여러 날 숙고 끝에
애벌레가 날개를 달고 나오듯
우리 삶 시라는 언어에 봄

시가 태동하여 날개를 달고
마음이 뛰어놉니다

목차

시낭송 QR 코드

제 목 : 나들이
시낭송 : 김락호

시집 〈나는 아직도 꿈을 꾸고 있다〉

밤꽃 필 때쯤 / 이종숙

아침마다 지저귀던 새
하얀 꽃물들이고

푸른 잎새 숨은 매실
토실토실 젖살 오르니

청보리밭
황금 옷 입고
사락사락 배지기 한다

동구 밭 어머니
감자꽃 속에 숨어
하얀 속살 삐져나오는 이랑을 안고

밤꽃 향기에
잠 못 드는 밤이면
머나먼 임 보고 싶어
밤이슬 뒤적이고

처연하게 새벽닭
울음 안고 눈물 적신다.

약이 되는 관계 / 이종숙

아무리 넓고 깊은 바다라 해도
물이 없으면
아무런 쓸모가 없습니다

아무리 산이 높고 휘넓다고 해도
나무가 없으면 죽은 산입니다

사람이 사람을 만나는데
깊이가 없으면
물 없는 바다와 같을 것이고

사람이 사람을 만나는데
정감이 없다면
민둥산 같은 산일 것입니다

마음이 전달되고
사랑이 담아지는 그릇으로
믿음과 신뢰로 물이 되고 나무가 되는
그런 약이 되는 관계였으면
좋겠습니다

서로에게 필요로 한 물과 나무처럼

마지막 불을 지피는 팔월 / 이종숙

딱딱한 더위가 불타는
뭉텅뭉텅한 김들이
여름 한낮 팔월의 몸이 탄다

절호의 기회라고 소리치는 매미 소리
골목을 천국이라 누비는 빨간 잠자리 두 마리
지남철같이 딱 붙어서 담벼락을 툭툭 친다

비워둔 행거에
사람의 인기척이 주렁주렁 달리면
대낮은 붉은빛을 긁어와 군불을 짚 핀다

바싹하게 말라가는 행거의 침묵은
꼬들꼬들하게 저녁밥을 짓고

외출하고 돌아온 한나절의 땀줄기는
나뭇가지에 어둠을 달고
사락사락 달빛을 흔드는
정사를 마저 하지 못한 매미 소리만

팔월의 밤하늘에
나무껍질이 볼록하도록 사랑의 체취가
바람결에 햇살 튀기듯 뜨겁다.

오늘은 해가 떠 있습니다 / 이종숙

내가 가는 길에
당신이 서 있었습니다
물 건너고 재 넘어 신작로 길에

내가 가는 길에
당신의 손을 잡았습니다

봄여름 가을 겨울
다양한 다색으로 물들여 줄
당신이기에 따라 걷습니다

내가 걷는 이 길에
움푹 파인 웅덩이도 뾰족한 돌부리도
바람도 햇살도
그 어느 것도 같이하지 않은 것이 없습니다

혼자가 아닌 같이 걷기에
인내하고 살 수 있었습니다

오늘은 해가 떠 있습니다.

건축물 공사 / 이종숙

이른 새벽 동쪽 하늘에 그림자가 못과 망치를 쥐고 있다
원숭이가 나무에서 떨어지는 모습으로 한 손을 쥐고

오렌지 같은 빛살이
네모 상자 안에 빨대를 가로 세로로 꽂아 놓고 빤다

덜컹덜컹 소리가 들린다
빛과 빛 사이
그림자가 뿌연 기침으로 벽을 타고 네모 상자 모서리를 맞춘다

아버지의 숨소리가 들린다
등에 배인 콘크리트 문신 냄새가 연기를 뿜으며 동글동글 퍼진다

갈팡질팡하던 세월의 뒷모습
뼈마디 마디 이어지는 실핏줄은 눈물을 감춘 그림자

자작자작 비가 내리는 날
장작불 붉은 피 터지는 소리
그 열에서 가족의 웃음소리를 담는다

그림자는
씻기지 않는 해 뒤에 씻기고 싶은 자일을 잡고
네모난 상자 속으로 사라진다

묵직한 저녁노을을 들고 들어 오는 아버지의 바다는
물고기의 먹이를 잔뜩 쥐고 아무렇지 않은 듯
웃으면서 들어오는 그 발자국에는 꿈과 희망이 같이 온다.

반가운 그대 / 이종숙

똑 똑똑
누가 왔나 봅니다
반가운 손님이면 좋겠습니다
창문을 열고 고개를 내밀었습니다
반가운 손님입니다
얼마나 기다렸는데
겨울 동안 바스락거리는 몸을 뒤척이며 기다렸습니다
매번 말간 하늘과 별들만의 축제가 지루했나 봅니다
뿌연 하늘이 깊은 곳을 덮고 얼굴 가까이 다가오니
반가움에 눈물이 쏟아집니다
한곳에 혼자 머문다는 것은 얼마나 외로움인지
함께라는 가슴이 조화로운 오늘
만물의 생동감은 너와 나 그리고 우리
반가운 손님이 바로 너입니다
오늘
비가 내립니다
그 비에 우리는 감사한 마음으로
환호하며 서로 볼을 비빕니다
갈망하는 것은 너무 긴 기다림입니다
부족하지도 넘치지도 않는 삶이란
자연도 허락하지 않나 봅니다
긴장이라는 정신을 놓치지 말라고 합니다.

나들이 / 이종숙

아침 햇살이
그의 땅을 짚고 나무를 짚고 꽃을 짚고
일어선다

조잘대는 햇살은
그의 머리에 혼을 넣고
상념을 넣고 몸짓을 넣으며
무심히 앉은 심장을 툭 하고 건드린다

어지럽지 않은 햇살은
그에게
천연색 빛을 담고 모양을 내고 옷을 입힌다

그 속에
그의 눈은 여러 가지 생각으로
개나리 재킷과 목련 바지를 입고
벚꽃 머플러를 두르고 걷는 모습은
시간에 구속되지 않은
하루라는 자유를 봄과 함께 즐긴다

누구에게도
빼앗기고 싶지 않은 짧은 시간을
커다란 산처럼 누리고 싶은 오늘
그 시간을 간직한
어제가 되고 내일을 꿈꾸는
빨간 창공을 날아다니는 새가 된다.

그녀의 꽃받침 / 이종숙

나는 내방을 알기 전에 하나의 미생물이었고
어떤 이유인지 그녀의 방에 전세 살았다

방안에 온도는 섭씨 37. 5도
그녀의 방에는 우주가 있었고
신비한 사랑은 매일 추가되었다

그녀의 출생기록 카드 첫 줄에는
큰 울음소리로 감사함을
작은 미소로 사랑의 인사를 했다고 적는다

잔잔한 바다를 흔들어 깨워도
감은 눈과 뜬 눈 사이 오차 범위는
살아 보지 않은 세상과
살아 보고 싶은 세상이
길게 늘어선 기찻길로 누워서 날 기다린다

이제 사랑은 첫 경험으로 다가올 것이고
그리움은 어머니의 품처럼 간절할 것이며
탯줄을 끊어버리면서 배운 이별은
그만큼의 새로운 세상과 만날 것이다

어머니에게 배운 세상 사는 이야기는
이제 그녀만의 꽃을 키우는 일이다.

그대가 있어서 / 이종숙

그대가 있어서 웃을 수 있고
그대가 있어서 울 수 있고

그대가 있어서 꿈꿀 수 있다

그대가 있어서 아픔이 있고
그대가 있어서 반성이 있고
그대가 있어서 행복도 있다

작은 오해가 어둠이 될 때
물길이 외어두려고 가지 않고
어둠이 밝아지니
물길이 바르게 흐른다

삶과 사람 앞에
좁은 길이라 해도

우리의 관계는
길을 내면서 인생을 만들어 가는
그대가 있어서
그대의 인생에 별이 된다

절망 속에서도 꽃은 핀다.

축제 / 이종숙

비워서 가득 찬 공간은
그 사람 인생에 하나의 작품입니다
음악이 있고
노래가 있고
춤이 있는 그곳에 웃음은
행복 바이러스입니다
비워서 가득 찬 공간에
사랑이 있고
살만한 대화를 하는 것은
삶의 행로에
작은 씨앗이 튼실한 뿌리를 내려
많은 사람에 꽃으로 피어서
하나의 그림을 선물하는 것입니다
빛이 있어 빛나는 것이 아니라
빛이기에 빛나는 것입니다.

시인 임석순

프로필

호 : 태안(泰安)
(사)창작문학예술인협의회 회원
팔공문학창작예술협회 충남지회장
〈수상〉 코벤트가든문학상 대상
대한문인협회 한국문학 올해의 작품상
김해일보 영상시 신춘문예 전체대상

〈시집〉 "계수나무에 핀 련꽃"
〈공저〉 "충청의 향기, 비단강처럼" 외 다수

시작노트

봄이면 꽃이 피는 꽃들도 세상을 맘대로 올
수도 없지만 돌아가기 서러워 어찌할 줄 모
르는 심정으로 겨울이면 낙엽이 땅속에서
밑거름으로 자연은 돌고 돌아 가는 것이리
라

나는 詩를 통해 힐링의 시간을 즐긴다
詩를 쓰는 순간에는 모든 것이 아름답고 신
나고 즐거우며 행복함을 느낀다

나는, 나의 詩가 탄생하는 순간 스스로 위로
하며 나에게 감사하는 마음입니다.

목차

시낭송 QR 코드

제 목 : 바람 따라
          구름 따라
시낭송 : 박영애

시집 〈계수나무에 핀 련꽃〉

바람 따라 구름 따라 / 임석순

바람 따라 구름 따라 흘러간 세월
계곡 따라 들녘 따라 떠나온 시간

거울 앞에서 내 얼굴을 가까이 아주 가까이
내 얼굴을 들이대 보았다

내 얼굴에 파노라마가 돌아간다
무성영화처럼 말없이 흑백으로 스쳐 가고 돌아간다

더 나은 것에 아쉬움이 서려 있지만
오늘이 내겐
소중하고 더없이 행복한 시간이었기 때문이다

바람 따라 구름 따라 찾아온 시간
별님 따라 달님 따라 떠나온 세월

계절 앞에서 봄여름 가을 겨울을 맞이하면서
내 얼굴을 천천히 보았다

내 얼굴에 세월이 돌아간다
내 마음속에 간직한 채 말없이 총천연색으로 돌아간다

이 모든 게
내가 없는 세상은 아무 소용 없더라!

나란 존재 / 임석순

어느 때는 행복하고 어느 때는 슬프고
인간사 태어나며 알았던 것도 없으면서
번갈아 가는 시간
죄스러움과 떳떳함이 공존하고
외나무다리 건너는 심정을 알 것 같기도 하면서
잘 살았다고 스스로 추켜세우기도 하면서
햇살이 닿으면 이슬처럼 사라져 버리기도 한다.

어느 때는 사랑하고 어느 때는 미워하고
세상사 모든 일이 교차하면서
돌고 도는 흐르는 세월
지나왔다 싶었는데 어제의 일이 반복되고
외나무다리 건너는 심정을 알 것 같기도 하면서
잘 살았다고 스스로 추켜세우기도 하면서
햇살이 닿으면 이슬처럼 사라져 버리기도 한다.

다시 태어난 삶으로 / 임석순

내 인생
짙은 가을이 오기 전
삶 속에서 나를 찾고
세상을 대하는 감각을 찾고 싶다

길을 만들지 않고
길이 있는 곳을 찾아서
살짝 깨달아 깨끗하고 아름답게
인생의 열매 맺어가고 싶다

언젠가는 끝날 수 있는 삶
두려워 않는 의미 있는 삶으로
누구에게나 공평한 삶
중요한 것을 알아가는 삶이 되고 싶다

삶의 끝자락에서
마지막 순간에 중요한 것을
하루하루를 열심히 살아내는 용기를 가지며
아름답게 가꾸어 나아가고 싶다

죽음이 내 곁에 와 주면
감사하며 살다 가야 하는 삶
나의 길은 산이 아니고 바다였는지 모를 일이니
다시 태어난다면
내 맘대로 살 수 있으면 참 좋겠다.

어둠은 그림자를 삼킨다 / 임석순

해가 세상을 밝히어 우주 만물이 춤을 추며
어지러운 질서를 세우고 우뚝 선 마음 추슬러
아침을 열어 보니 보석이 가득히 쌓여 있어
새싹이 돋아나도 아랑곳하지 않으니 아쉬워
여명의 그림자는 오만함에 고개를 높이 세운다

달에서 찾아온 토끼는 한 송이 사랑의 꽃을 찾아
산을 넘고 바다를 향해 달려가고 나아가며
오늘이 다가오면 행복하리라는 기대감에
푸르름이 짙어지고 윤기가 날수록 두려워하며
밝고 찬란한 그림자로 보이지 않으려고 안간힘을 쓴다

별을 쳐다보기가 부끄러워
저녁엔 지팡이로 간신히 지탱하여
내일은 올 수도 없는 기약에 취하려면 사라져
노오란 낙엽이 되어 무덤도 없이 흘러가며
홀로 떠나는 어둠의 그림자가 더는 보이지 않는다.

맛있는 인생 / 임석순

세월이 흘러 흘러갑니다.
포도주가 익어가는 듯 그렇게
그런 맛있고 품격 있는 모습에 놀란다
눈앞의 모습은 아름답게 빛났다
변해도 예쁘게 좋은 모습으로
심성을 다듬고 밖으로 나타나는
얼굴이 말하는 그런 모습
세상과 세월은 변하면서
변하는 바위처럼
변함없는 마음처럼
아름다운 꽃과 같이 피고 지고
꼭 내게 속삭이며 잘 살았다고 말하는
그날까지
흘러가는 세월 따라
오늘에 머물면서
내일을 향해 꿈꾸었고
오늘도 나아간다
아이가 어른이 되어 가는 것처럼
맛있게 익어가는 인생이 되고 싶다

*남명 〈평행선의 봄〉 전국시화전 실천상

내 마음속 풍경 / 임석순

뛰어 보았다
섬광이 번뜩하게
하늘땅을 뒤흔들어 보았다

다시 한번, 뛰어 보았다
신발 끈을 단단히 매고
뛰었으니 날아보고 싶다

화려하게 피었던
봄꽃은 지고
푸르른 녹음이 자리하였다

나 자신을 돌아본다
나의 그림자를 돌아보니
나의 그림자가 울고 있다

삶은 정직한 내 마음속의 풍경
촘촘히 박힌 하늘 밤 별을 보니
하늘이 내 안으로 들어온다.

길 없는 길 / 임석순

잉여 인간으로 황폐해진 벼랑길 서서
따뜻한 햇볕 바람이 새치름하더라도
바닷가 아름다운 벼랑길 걸어가 보자

발길 닿는 어느 곳이든
정처 없이 떠나고 생각 없이 떠돌고
길이 보여도 길이 없어도 떠나가련다

이제는 경쟁이 없어진 곳에서
마음을 놓고 자유롭게 걸어가면서
인간성 회복하며 행복 찾아서 가자

아름다운 비경이 보이는 아늑한
그런 곳을 찾아서 걷고 또 걸으며
동서남북 제대로 알아보면서 가보자

새로운 길은 모르지만, 나침반을 보고
그 바닥에서만 물러나는 것이니
옮겨가며 또 다른 방향 찾아가 보자

예쁜 작은 생각의 새 / 임석순

바야흐로 봄이 눈앞에 찾아와
눈으로 바람의 맛을 느껴보니
찬란한 꽃 필 때 눈물이 난다

맛을 본 어제로 돌아갈 수도
늙을 수도 없이 시간은 정지하고
잡으려 하니 놓쳐버린다

이리저리 넘겨 봐도 형체 없는 덩어리
맛있게 만들어 먹기도 전에
영혼이 거기에 홀딱 빠졌다

나의 새, 한 마리 생각의 새 한 마리
하늘로 날려 보냈다

생각의 새, 구름에 앉았다
나의 가슴, 가슴이 텅 빈 것 같다

나를 여기에 남겨 놓았는데 나는 분명 왔다 갔는데
오늘 지나면 나는 흔적도 없이 사라진다.

그리운 외침 / 임석순

봄날에 피어나는 나는
구걸하거나 곁눈질하지 않고
때가 되면 알아서 태어난다

뽐내기는 해도 자랑은 해도
서로를 모방하지 않으니
저마다 색깔을 나타내고 즐긴다

지난해 경험이면 족하고 족하니
갈 길을 알아서 가면 되니
친구의 눈치를 볼 일이 없다

자리를 내어준 이웃 친구들에게
아귀다툼이 없는 천국이었으니
저마다 색깔을 나타내고 즐긴다

나도 내가 놀라울 뿐
죄의식은 없으며 되돌아보거나
후회는 하지 않는다

봄날이 떠나가면 미련 없이
눈치를 보지 않으며 그 자리를 비우고
때가 되면 알아서 돌아간다.

씨 묵은지의 침묵 / 임석순

먹먹한 가슴을 풀어 헤치면
편안한 마음이 찾아올까 싶어도
세상이 덧없는 것을 알기 어렵다

목구멍이 포도청이라 모여 살지만
인맥과 코드를 우선시하여 처리하고
불에 닿으면 없어질 나일론 줄을 좋아한다

뚝배기보다 장맛이 좋은 것을 알면
김치는 오래도록 두고 먹어도 좋은데
씨 묵은지는 침묵의 외침이 가득하다

겉모양만 크리스털로 포장되어
썩고 부패한 맛없는 음식을 넣어두고
화려한 컬러로 덕지덕지 색칠한다

곰삭은 묵은지가 버젓이 남아 있는데
역겨운 시궁창 냄새의 파김치는 활개를 치고
크리스털로 포장되어 누구도 알지 못한다

아첨의 분위기에 어울리지 않는다고
뚝배기에 담긴 묵은지는 찾을 길 없고
파김치는 크리스털 용기에 넣어 잔치한다

크리스털로 만들어 놓은 파김치의 썩는 냄새
코가 아플 지경으로 진동을 해도
강 건너 불구경하는 한심한 우리들.

*제29회 코벤트 가든 문학상 대상(강원경제신문 2021. 5. 5 게재)

시인 장화순

프로필

대전 거주
대한문학세계 시 부문 등단
(사)창작문학예술인협의회 회원
대한문인협회 대전충청지회 기획국장
대한시낭송가협회 회원
대한시낭송가협회 사무국장

〈저서〉
시집 "무채색의 공간"

시작노트

맨발로 걸어보는 산사 앞 솔 길은
사락사락 고향의 소리였고
푸른 솔잎 사이 무지갯빛 햇살은
오늘 가장 젊은 날인 나를 에워싸고 있다

참 아름답고 행복한 하룻길이었다

시 〈솔 길을 걷다〉 중에서

목차

시낭송 QR 코드

제 목 : 멈추지 않으면
시낭송 : 장화순

시집 〈무채색의 공간〉

꽃이 피었다 / 장화순

피었다
사람과 사람 사이의 꽃이
어떤 이의 조금 긴 이야기꽃이
어떤 이의 조금 짧은 이야기꽃이
영덕 바다 둘레 길에 피었다

작은 정자에 둘러앉아 나누는 먹거리와
소박한 반찬의 이야기꽃
마음이 넉넉하고 손 큰 이의 곡주 이야기 꽃자리
바다만큼이나 넓고 깊은 향과 정이 있는
이야기꽃 자리었다

바다의 물결과 어우러져 핀
둘레길 이야기 꽃자리는
희망이었고 믿음이었고 사랑이었다

멈추지 않으면 / 장화순

걸음을 멈추지 않으면
우린 언제든 새로운 길을 걸을 수 있을 것이다
또 눈을 감지 않으면
너와의 만남은 언제나 이루어질 것이다

눈이 와도 비가 와도 바람이 불어도 좋을
너와의 만남을 생각하면 가슴이 뛴다.
아직 보지 못한 네가 어딘가 있을 테니
뛰는 가슴으로 우리 만날 날을 기다린다.

하얗게 눈 내려앉은 동백꽃도
피우면서 떨어질 연분홍 벚꽃도
흙탕물 진흙 속 자비의 연꽃도
참고 참아 터트리는 가을꽃 단풍도

발걸음 멈추지 않으면 만나리라
초가집 위 피어있던 하얀 박꽃 같은 마음으로
하늘바라기 논배미 개구리울음 따라 우리는
떠나리라 너의 비밀을 찾아 여행이라는 이름으로

無言 / 장화순

자신이 누구인지
어떤 형태인지
그림자마저도 보여주지 않고
무언의 계율로 다그치는
그것은 무엇인가

알 수 없는 그것을 따라
걷고 걸어 온 곳
그곳이 여기다.
그런데
나는 무엇으로 남아 있는가?

솔 길을 걷다 / 장화순

딱딱한 신발을 벗고
두꺼운 양말을 벗고
수년간 떨어져 쌓였을
붉은 솔잎 길을 걷는다.

밟히는 솔잎의 얕은 비명은
발바닥 말초 신경을 타고 올라
가슴과 머리를 짜릿함으로 뛰게 해
아련한 첫사랑의 신열인 듯하다

맨발로 걸어보는 산사 앞 솔 길은
사락사락 고향의 소리였고
푸른 솔잎 사이 무지갯빛 햇살은
오늘 가장 젊은 날인 나를 에워싸고 있다

참 아름답고 행복한 하룻길이었다

여보게 / 장화순

오늘 자네와 나 나란히 발을 맞추어
잘 닦아진 검정 아스팔트길 걸으며
진달래 따 먹어 변한 보랏빛 입술을 보고
손가락질하며 배꼽 빠지게 웃었던
그 시절 이야기가 맛있는 보약 중 보약이었네

뱃가죽이 등줄기에 달라붙어
찔레 순으로 배고픔 달래던 얼어 죽을 놈의 가난
신작로 옆 누구네 밭에서 어린 가지 따먹다 들켜
걸음아 날 살려라 달리면서도 마주 보며 히죽거리던 날
그날 기분은 쓰디쓴 익모초즙 마시는 것 같았지

여보게, 우리 살아가는데 뭐 뾰족한 수 있던가
뭐 특별한 보약이 있던가.
오늘 우리가 울기도 웃기도 하며 나눈
망향의 담소가 보약이 아니겠는가.
안 그런가 여보게

임 오시는 길 / 장화순

새벽안개 배어드는 산사
솔잎 끝 이슬방울 풍경소리 울리고
큰 스님 새벽예불 소리
동자승 승복 자락에 잦아든다

사락사락 도포 자락 이슬에 젖으니
임 오시는 길 밝혀주는 하현달
산사 석등마다 불 밝혀
자비의 꽃으로 피어난다

가슴에 담고 / 장화순

당신이라고 왜 힘든 일 없었을까요
당신이라고 왜 외로움이 고독이 없었을까요
당신이라고 왜 외면하고 싶은 일 없었을까요
나도 그랬으니까요

그래도 우리 잘 견뎌왔었잖아요
그래도 우리 행복한 날 있었잖아요
그래도 우리 마주 보고 웃는 날 있었잖아요

고마워요. 당신이 있었기에
감사해요. 당신이 있었기에
사랑해요. 당신이 있었기에
행복해요. 당신이 있었기에

당신을 마음에 담고 행복하게 한 해를 보낼 수 있었네요
난 내년도 이만큼 웃을 수 있기를 기대합니다.
가슴 속 당신과 소리 내어 웃을 수 있기를 기대합니다.

고귀함 / 장화순

희망을 품었습니다.
소망을 담았습니다.
사랑을 안았습니다.

희망을 드리려 합니다.
소망을 드리려 합니다.
사랑을 드리려 합니다.

행복을 드렸습니다.
웃음을 드렸습니다.
사랑을 드렸습니다.

잠시 피었다 가는
목련이란 이름으로
두 손 다소곳이 모아
고귀함을 드렸습니다.

가로등 / 장화순

밤새 눈 부릅뜨고 비탈길 지키는 가로등
미명의 어둠 안고 안개 빗속을 걷는 이
임을 대신해 길을 밝혀 주고

안개비 때문인가 수은등 불빛 때문인가
애써 기다리지 말라며 떠나는 뒷모습 멋짐을
수은 불빛에 대롱대롱 매달아 주고

석양빛 조용히 살라 먹는 밤이 되면
또 하나의 아름다운 사랑을 만들고
또 다른 사랑의 외로움을 안고

밝아오는 여명이 그 빛 살라 먹기 전
다소곳한 새벽바람 품속의 꿈

광목 앞치마 / 장화순

새 분 냄새 풍기며 하얗게 바래진 광목
치렁치렁 널려 춤추는 빨랫줄이 있던
초가집 마당 찾을 수 없어 그리움이다

제집이라도 되는 양 바지랑대 끝
고추잠자리 날갯짓에 나른한 햇살 하품을 하고
바래진 광목 위 호랑나비 날갯짓이 그리움이다

광목 앞치마에 비녀 머리 새댁 두레박 끌어 올리는
겨드랑이 살빛 복사꽃처럼 눈부시게 곱고
물안개 서리꽃 피우던 우물가가 그리움이다

시인 전경자

프로필

대한문학세계 시, 수필 부문 등단
(사)창작문학예술인협의회 회원
대한문인협회 경기지회 총무국장
코로나19 극복 최우수상 수상
2021년 대한문인협회 금주의 시 선정
2021년 한국문학 올해의 작품상
2022년 명인명시 특선시인선 선정

〈저서〉
시집 "꿈꾸는 DNA"

시작노트

허전한 마음 깊은 곳에
빨간 우체통 하나
간절하게 그대의 소식을 기다리고 있는
빛바랜 빨간 우체통

말없이 오늘도 어제처럼
비가 오나 눈이 오나
곱게 접은 사연을 기다린다

시 〈사랑의 우체통〉 중에서

목차

시낭송 QR 코드

제 목 : 만추의 사랑
시낭송 : 박영애

시집 〈꿈꾸는 DNA〉

만추의 사랑 / 전경자

청명한 계절에 그 미소와 그 눈빛을 사랑하겠습니다
높은 하늘과 밀잠자리 노니는 들판에
코스모스 춤추는 가을을 사랑하겠습니다

서늘한 바람이 불어와 머리카락을 만지고
후두두 떨어지는 알밤과 상수리나무의 도토리가
가을 향기 속에서 다람쥐를 유혹하는데
평범한 당신의 가을 밤하늘을 사랑하겠습니다

평범한 일상이지만 날 지켜봐 준 날들
가을 오밀조밀한 숲길에 구구대는 사랑 소리는
그대의 첫사랑 그대의 끝 사랑이길 바라며
황금벌판을 지키는 나는 허수아비랍니다

가을걷이 이야기는 끝이 보이지 않는데
변해버린 들판에 널브러진 각양각색의 그릇에다가
행복을 담습니다

그대 모르게 가을이 그렇게 깊어가고 있습니다
당신의 가슴속에서 뜨겁게 뛰는 이 가을
가장 멋스러운 당신을 사랑하겠습니다

나의 살던 고향은 청계천 / 전경자

아홉 식구 칠 남매가 살았던 청계천
중구 신당동 171번지 청계천을 사이에 두고
뚝딱뚝딱 이틀 만에 지은 판잣집이 모닥모닥 모여있는 동네

단칸방에 없는 살림에도 웃음소리가 대문을 넘고
사람이 사는 정으로 행복했던 때
이불 하나 두고 서로 덮으려 잡아당기고 울고불고했던 코찔찔이들

장마철 큰비가 내리면 청계천은 물난리에 세간도 팽개치고
아이들을 깨워 피신했던 광희중학교
밤새 내린 비에 쓸려간 판잣집은 네 집 내 집 경계도 사라진 빈터에
뚝딱뚝딱 집을 짓고 살던 시절
아련하게 떠오르는 기억이 어릴 적 고향으로 나를 데리고 간다

여기 어디쯤일까
변해버린 청계천 새롭게 단장한 남산타워
사라져 버린 동대문 운동장 추억이 전설이 된 서울 청계천

시간이란 놈은 앞만 보고 흘러가니 어쩔 수 없이 따라가야 하지만
그래도 가끔 추억이 돋으면 고향 청계천에 다녀온다
21세기의 서울특별시 중구 신당동 171번지에는 판잣집은 없지만
찔찔이 남매가 살았던 추억은 가슴속에 남아 숨을 쉬고 있다.

풋사랑 / 전경자

그녀의 어릿광대 풋사랑
구름 타고 시소게임을 하네
파란 하늘 흰 구름에 실어 보낸
아무도 모르게 사랑했던 날

하늘에 담긴 사랑이 마르지나 않았을까
맹세했던 그 사람은
꽃들이 가득한 이 거리 오르락내리락 시소게임

욕심 없는 하루 빙글빙글 돌고 돌아
설레는 이 순간
아름다운 하늘과 풀 파도가 풍금을 치는 숲길

구름의 바다를 가로질러 잠겨있는
무지개 구름다리의 비밀번호를 초기화시킨다

진심이 말을 하는 데 들리지 않는가
여기서 멈추어 서 오르락내리락
시소게임은 구름 정거장에서 멈추자.

바람 쐬는 길 / 전경자

바람 소리 풍경소리 한적한 숲길
깊이 팬 계곡 능선을 따라 냇물이 키우는 송사리 때
버들강아지 기지개를 켜고 있는 숲속의 아침

산새 들새 벗 삼아 찰칵찰칵 소중한 한 컷
숙연해지는 자연환경 둘레길에
편백나무는 우산 없이 비를 맞고 서 있는데

노란 우산을 받쳐 들고 성큼성큼 발걸음을 옮긴다
아름다운 자태를 뿜어내는
편백나무 숲길에 비를 맞고 싶어서 기웃거린다

봄을 팔고 있는 나뭇가지에 주렁주렁 매달린 삶의 현장
개나리 진달래꽃 왕벚나무 예쁘기도 하고 밉기도 해라
숲속에 천덕꾸러기 낙엽의 사연 많은 하루

양지바른 산기슭 이슬방울

서리 내린 단발머리 / 전경자

길게 늘어선 머리카락을 쓰다듬는 이 뉘신가
옷자락을 부여잡고 있는 그 예쁜 가을이었다

가을에 사랑하자던 그 누군가를 그려보며
눈이 부시게 아름다운 하늘을 올려다본다

긴 머리를 사랑했던 그 사람 보여주려 해도
이제는 보여줄 수 없어 너를 싹둑 자른다

찰랑거리는 귀걸이 보이진 않지만
오랜만에 취해본 단발머리를 바람에 주고
오랫동안 생사고락을 같이한 머리핀 손끝에서 떠나간다.

파란 별 / 전경자

밤하늘에 소곤대는 파란 별이 있었지
서로 다른 꿈을 품고 있는 그곳에는
세상에서 제일 아름다운 별들이 사는 작은 연못에
밤마다 별들을 찾아가는 시간만큼
그리움도 외로움도 쓸쓸함도 잊어버린다

밤하늘을 대표하는 북극성 아래
간신히 찾아낸 오리온자리, 전갈자리
쏟아지는 별들이 작은 눈 속으로 내린다

슈퍼스타 두 눈이 저마다 할 일을 다 하고
별들이 깔아놓은 푸른 밤
해리포터의 마법사 매직 샵을 뒤로하고
밝아오는 아침을 맞는다.

거울 앞에서 / 전경자

언제쯤이었을까 희미하고 소박한 추억이 되살아난다
화창하게 예쁜 날 곱게 단장하고 땋아 내린 양 갈래머리는
분홍색 레이스 장식 핀으로 단장하고

빨간색 미니스커트에 빨간색 맥시롱 바바리코트를 입고
굽이 높은 하이힐 신고 나서니
똑똑똑 하이힐 소리가 메아리치고
은은한 재스민 향수 향기 날리며 걷던 길

소중한 추억들이 뇌리를 스치고 지나간다
결혼을 하고 단 한 번도 입어보지 못한 미니스커트를 가져다가
거울에 비추어보고 들었다 놨다 들었다 놨다
몇 번을 거울 앞에서 옷맵시를 보느라 한참을 망설인다

용기를 내어 미니스커트를 입어본다
그때처럼 롱코트에 핸드백 어깨에 메고 길을 나선다

밖에는 코스모스가 가을걷이하는 들판에 어느 사이
가을이 깊어 뒹구는 낙엽을 데리고 간다
바람 쐬는 길 바람 불어 좋은 날

바닷가에서 / 전경자

잔잔한 음악이 흐르는 바닷속의 파도를 따라
숨결을 고르고 있는 바닷가에
수염고래를 잡으러 떠난다

빈 바닷가에 그리움만 두고
떠나가는 소라껍데기
세상사 굽어보는 갈매기
바람에 쪼개지는 그리움 어찌하나

매서운 바람이 파도를 안고 지키지 못한 약속
검은 모래밭에 다소곳한 너울 파도 밀려드는 제주의 밤바다
칠흑 같은 밤 파도 소리는 커져만 가는가?

저 멀리에 깜빡이는 등대 불빛도
파도가 밀어내는 고기잡이배 뱃고동 소리도
두근거리는 마음이 낯설어지는 건 왜일까?

그건 그대 품에서 네가 쉴 수가 없는 이유가 되어버린
차갑게 얼어버린 정
쓸쓸한 핑계를 대고 있다.

고래사냥 / 전경자

천하제일 바다로 고래를 잡으러 떠난다
바다를 떠난 적 없다는 고래를 찾아서

밍크고래 떠나간 바닷가 물보라만 일으키고
풍성한 어망엔 보일 듯 보이지 않는
잡힐 듯 잡히지 않는 그리움만 잡힌다

청순한 천하의 사계 고백을 모르는 듯이
바쁘게 웃으면서 보냈던 날들
가을걷이하러 온 건지 놀러 온 건지 하하 호호 감성만 잡힌다

웃음소리가 하나둘 뜨거운 태양이 살며시 노크한다
흰 구름은 왜 이리도 여유로운지
외로운 내 마음 잘 모르나 봐!

사랑의 우체통 / 전경자

허전한 마음 깊은 곳에
빨간 우체통 하나
간절하게 그대의 소식을 기다리고 있는
빛바랜 빨간 우체통

말없이 오늘도 어제처럼
비가 오나 눈이 오나
곱게 접은 사연을 기다린다

분홍 봄날엔 꽃이 피는 길가에서
비지땀 흘리는 여름엔
초록 풀 파도 속에 가득 담은 그대는
이 거리에서 멈추었다

코스모스가 누군가를 설레게 하고
고추잠자리 춤추는 가을날에
사랑하자던 그대는
지금 어디로 가야 만날 수 있을까?

시인 전남혁

프로필

전북 변산 거주
대한문학세계 시 부문 등단
(사)창작문학예술인협의회 회원
대한문인협회 전주전북지회 지회장
대한문인협회 금주의 시, 이달의 시인 선정
2021 한국문학 올해의 작품상

〈저서〉
시집 "바람과 구름과 시냇물의 노래"

시작노트

샛노랗게 붉은 가을이 바래 가며
주저앉은 마른 잎 밟고서
서푼서푼 돌아서 가던
내 절망의 언어야

동터 올 때도
수정 같은 햇살에 간절함이 찔리고
덜컹거리는 설움을 마시고 토하며
가을 한기에 몸서리치는 것보다
마음에 근육이 생겨 잊히면
또 이맘때겠나?

시 〈가을 비창(悲愴)〉 중에서

목차

시낭송 QR 코드

제 목 : 가을 비창(悲愴)
시낭송 : 박남숙

제2시집 〈패, 牌를 보이다〉

후회 / 전남혁

잘못했다고
파리 다리 빌듯 빌은 지
오래전 일
아내를 두 번 때렸다
한번은 무식하게
한 번은 더 무식하게
십 수 년 잊힘이 없는 원한은
불도장 찍힌 가슴속 상흔
폭력의 실마리인 어린 기억 속 트라우마를
악바리 같은 의지로 지웠어도
아내의 술주정 때마다
용서받지 못한다
사연이 있던—그 시인께서
아내에게 우산대로 후려친 일과
현장에 놓고 온 구경꾼의 눈치와 우산의
아쉬움을 고백한 것보다
용서 없어서
소태나무 쓰디쓴 맛이 여태,
잘린 도마뱀 꼬리로 꿈틀거려

중년 몸 읽기 / 전남혁

고단한 시간이 어느새
여자를 물 먹인 소처럼 붓게 했다
어느 날 얼굴이 작아졌다고 확인 바람.
얼굴은 몸보다 부지런 떨었지

여자의 남자는 허리띠 몇 개 째며
수선한 바진데도 허리띠 넘쳐흘러 내리는 됨됨이
목욕탕에서 서로가 겸연쩍어 눈알들이 새침하게
비껴가

궤적과 염려 / 전남혁

머리카락이 억새꽃처럼 풀풀 날리는 바람 속에
어르신들이 그라운드 골프 경기를 한다
되풀이 숙달로 홀 포스트로부터 볼이
그다지 비껴가지 않는다 거닐며
과거와 현재를 걸쭉하게 주고받는다
걸어온 길이 꾸불텅꾸불텅했을 말로써
딱! 소리가 홀 포스트로 향하여 곧게 굴러간다
그 볼처럼 남은 시간이 굴러가기를
신음했거나 즐거웠거나 잊지 않으려는
당신을 내게 담는다

오염된 창 2 / 전남혁

바람이 불 때 마음이 몸처럼 흔들렸어
그미의 짧은 치마가 시각적 성희롱과
펄럭였어 뽀얀 다리에 둥그스름 떠받친
허벅지 힐끗 되오른 상상이 야시꾸리했어
눈을 감는다는 것은 속물인 내게 거짓말
성희롱하듯 엉큼함을 주워 담고서
설핏 욕된 생각에 본 눈 망각에 강물에
던져버릴까

*야시꾸리: 분위기나 생김새가 야한 느낌이 있다

성전(聖殿) / 전남혁

동네 모퉁이에
나지막한 교회당 이름이
주님 사랑 교회인데
"모두 여기 와서 사랑하라" 돋움체
빨간 글씨로 흰 벽에 부제로 박혔네
감성 많은 청년 되게 모이겠네

가까이 칡넝쿨 감긴 전봇대 중간쯤
일용할 거미의 채반에
어린 여치와 나방 하루살이 모기 다 걸려
들었는데 쥔은 안 보이네
올리브기름 짜러 가셨나?

간절한 기도가 행렬로 이어져
호화로운 유람선 같은 성전이
우뚝 솟을 날이 오면
기적이었다고 믿어 기쁜데
강아지풀 같은 흔들림으로
모퉁이에 버려진 돌이 네 것이었어

연민 / 전남혁

코스모스 꽃잎 벙긋

해바라기처럼 얼굴이 크다면

하늘거리는 제 몸 지탱했겠냐만

작은 정마저

걸어 놓을 수 없는 대와 잎새는

가득히 주는 햇살까지 아껴 받고

새파란 가을 하늘이

날아오르란 말도 없지만

가을 비창(悲愴) / 전남혁

태워버려
가을에 뜨거운 문장이 한물지고 한물갔으니
달랑 낙엽 한 장 구르는 소리가 바스락 이었어

된서리에 맞아 고꾸라지며
파란 빛살 돋는 것 같은 해에
그대 모습 띄웠다고 노을이 숨넘어갔을까

옷자락에 닿았지만
손잡고 노래 부르지 못했어

샛노랗게 붉은 가을이 바래 가며
주저앉은 마른 잎 밟고서
서푼서푼 돌아서 가던
내 절망의 언어야

동터 올 때도 수정 같은 햇살에 간절함이 찔리고
덜컹거리는 설움을 마시고 토하며
가을 한기에 몸서리치는 것보다
마음에 근육이 생겨 잊히면
또 이맘때겠나?

*서푼서푼: 발소리가 나지 아니하도록 가볍게 빠르게 내 걷는 모양

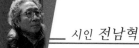

잃어버린 나그네의 달 / 전남혁

레고 가지고 놀듯 세우던
콘크리트 시를 떠나온 지 삼 년
삼경 무렵
고택의 간이 의자에 앉아
허파의 혼을 뿜는 시각
동편 하늘이 놀랍네
바람이 마당의 가지를 빗질하는 공중에
성근 잿빛 구름 뒤로
하현달이 빠르게 달아나고
샛별이 쫓아가네
숨 가쁜 간격만큼의 거리로
붙잡아 볼 듯이 난리 치는
밤하늘이 낯설고
바람 소린 버틴 줄마다 부딪혀
흑백으로 울부짖네

소낙비 / 전남혁

허공은 어두운 낯빛으로 찌푸리다가
멀리, 가까이 거꾸로 선 나뭇가지 같은 빛으로
내려 찌르고 뾰족한 곳으로 스미는 전조의 날카로움

죽 끓듯 세상 피막을 사물놀이로 두들기며
휩쓸려 패이고, 마른 골짜기에
급하게 돌 구르는 물소리 들어 본 적 있어

우리가 버린 흔적의 난장판을 난바다가
먹을 때마다 여름내 체한 채로 게워내지 못한
어지럼증도 무심한 불청객

완장 실화 / 전남혁

이순 넘어 목구멍에 기름칠하러 다니던 기업의 청소용역원 할 때다
배움도 재물도 넉넉지 않은 같은 처지인 사람이 소장이 되었다.
아랫것들이 작은 실수나 잠깐 쉬는 요령에도 득달같이 나타나
퉁방울이 눈빛으로 막대기처럼 찌르고 확 꼬인 핀잔으로 기죽여
그의 아래는 눈치 보는 생쥐같이 되었다.
중년부터 꼬부라진 여자들과 같은 남자들은 퉁퉁증이 부풀어
터지면서 그를 바로 끌어내렸다.

* 퉁퉁증 : 마음속으로 분한 생각을 하고 겉으로는 나타내지 않는 증세

시인 전병일

명인명시 특선시인선
2023

프로필

전북 무주 거주
무주문인협회 회원
대한문학세계 시, 수필 부문 등단
(사)창작문학예술인협의회 회원
대한창작문예대학 졸업, 문예창작지도자 자격 취득
대한창작문예대학 졸업작품 경연대회 대상
21,22 명인명시 특선시인선 선정

〈저서〉
시집 "거꾸로 사는 세상이 편하다"

시작노트

대자연의 풍광
모두가 정원이고
감정의 산물이다
또한
스쳐 지나는 사람들
거울처럼 보인다
자연과 인간관계
모두가 무일푼의
시상(詩想)이다.

목차

시낭송 QR 코드

제 목 : 나약해진 어머님
시낭송 : 최명자

시집 〈거꾸로 사는 세상이 편하다〉

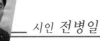

마음의 시(詩) / 전병일

하늘은 하얀 구름으로 먹칠하고
바람은 살랑살랑 잔뜩 찌푸린 날
저 멀리 버드산에서 시작한 안개비
코앞 앞산으로 다가온다

대창으로 보이는 텃밭
옥수수는 앙상한 뼈대만 세운 채
드문드문 우뚝 서 있고
그 밑 호랑이 콩은
옥수숫대와 한 몸이 되었다

화분 위 마디 오이
갈고리 세워
데크 난간대 타면서
뒤꽁무니 꽃을 피우며
허공에 두 팔 뻗으며
고행길 가고 있다

비바람은 오락가락
오늘의 마음은
떨구는 비처럼
차분히 대지에 내려놓고
누군가가 기다려지고
올 것 같은 상념에
마음을 막 흔들어
시(詩)를 쓰게 합니다.

망가진 호미 / 전병일

마당 들마루 밑에 나뒹구는
호미 한 자루
무한한 세월에 달고 달아
잇몸만 남았다

얼마나 많은 손놀림에
이빨은 온데간데없고
달아 뭉그러져
조막손이 되었다

호미를 운전하신 어머니
호미 허리가 되셨고
망가진 호미처럼
손놀림도 어둔해졌다

지나온 세월의 무게에
망가진 호미에 비해
잡초들의 끊임없는 생명력은
지칠 줄 모르고 피고 또 피어난다.

꽃밥상에 취하다 / 전병일

발길을 옮기는 곳마다
들꽃들의 화려한 연출로
지천이 5월생 꽃들이다

눈꽃 송이 무겁게 이고 있는
국수나무꽃
꿀단지를 송이송이 메달은
아카시아꽃
하얀 종 올망졸망 메달은
때죽나무꽃
코는 시리고 눈은 호강한다

계절의 여왕인 오월
꽃들은 결혼시즌인 듯
자기만의 색깔을 뽐내며
웨딩드레스를 입고 있다

난 하객이 되어
이팝나무꽃 휘날리는
꽃길을 즈려밟고 가
그들의 꽃 밥상에 취해있다.

가을 하늘 / 전병일

가을 햇살과
갈바람이 녹여낸 푸른 물결
만경창파 같아라

날 샌 줄 모르고
서산마루에 기댄 하현달
물끄러미 윙크한다

나들이 떠난
구름 나그네
길 잃은 방랑자 되었네

하현달은
주인 없는 빈방에서
만월의 꿈을 꾸고 있다.

기대와 희망 / 전병일

선택된 꽃잎들
혹독한 난관을 극복해
새 시대 새 출발이다

피는 꽃은 화려하고
지는 꽃 초라하다
봄날인가 했더니
벌써 가을이구나

시작은 화려하고
끝은 초라하나
지나온 길은
역사가 말을 한다

부푼 꿈으로 시작
멀고도 험난한 여정
혁신적이고 공정이길 바라며
민초들의 큰 기대와 희망을
잊지 말아야 할 것이다.

노랑할미새 / 전병일

다락 픽스 창에 날아드는
노랑할미새
자꾸만 창으로 들어오려 노크한다
날아들다 서로 눈이 마주치면
날아갔다 또 날라오기를 반복한다

이 할미도 새집을 좋아하나
치매가 걸린 환자는 아니겠지
반복해서 유리창에 부딪치어
뇌진탕이 걸릴까 걱정된다

아마도 새봄이 되었으니
새집에서 새 보금자리를 틀어
새 생명 잉태하고 푼 마음이겠지
어떡하지
창이 고정되어 열어줄 수도 없고.

나약해진 어머님 / 전병일

모진 세월 오직 육신 하나로
형제지간 자식들 모두 건사시키고
지금은 홀로되어 도우미에
의지하면서 살아가신다

머리는 회색 백발로 물이 들고
팔다리는 활처럼 휘어져
일어설 때는 등짐을 짊어진 것처럼
온 힘을 다해 힘겹게 일어서신다

숨소리는 점점 가빠지고
손이 발이 되어 아기 걸음마
청력은 상실되어 소통 부재인데
기억력은 청춘이어서 다행이다

살아생전에 어머니의 손발이 되고
말동무가 되고 싶다
홀로 지내시는 시간이 많지만
지금만 같았으면 좋겠다.

낙화(落火) / 전병일

새까만 밤하늘에
활화산 되어 떨구는 낙화
타닥타닥 타다닥
올챙이 유영하듯
호수 속으로 다이빙 한다

호수 속에 비친 내 모습
쪽빛 물결과 하모니 되어
환상의 불빛으로
온천지 밤하늘에 수를 놓는다

한 여름밤 호수 위
동아줄 타며 떨구는 낙화 소리
만인의 함성에
달님도 놀라 실눈 크게 뜨고
환상의 불빛을 감상하는 밤

하늘도 타고
물도 타고
한 여름밤도
함께 타들어 간다.

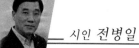

호수 위를 걷다 / 전병일

기린봉 자락 아래
옴팍 자리 잡은 아중 호수
그 쪽빛 물결 요지부동 잔잔하다

호수 가장자리
텍 길 풍광
두 눈 시리고 가슴이 활짝 열린다

호수 물결을 가르는 가마우지
잠수질에 시선 고정, 숨바꼭질
부표 위 자라 새끼 일광욕한다

호수 저편 카페는
진한 커피 향 피우며
호수를 품에 안고 있다

호수 위 그 길
나도 걷고
구름도 하늘도 함께 걷는다.

천년의 꿈 / 전병일

우리 하늘 아래 최고봉
비도 바람도 쉬어가는 백록담은
메마른 젖가슴 보여주기 싫은 듯
하루에도 열두 번씩
가슴을 열었다 가렸다 한다

정상 주변의 식생들
혹독한 추위와 비바람에
상흔으로 얼룩진 억겁의 세월 속
반쯤 넘어진 채 백골이 되었다

사후(死後)
극락 세상에 가 보지도 못하고
쓰라린 고통을 떠안은 체
또 한 세기를 살아간다

백골 사이 새 생명
유구한 세월 배운 학습으로
날개 꺾인 새처럼
낮은 포복으로 꼭 움츠린 채
천년의 꿈을 꾸면서 살아간다.

시인 정상화

프로필

대한문학세계 시 부문 등단
대한문인협회 울산지회장
(사)창작문학예술인협의회 회원

〈저서〉
제1시집 "스스로 피어짐이 아름다운 것을"
제2시집 "산다는 것은 한 편의 詩"
제3시집 "그러하더라도 사랑해야지"
제4시집 "아름다운 인연을 만나는 것은"
제5시집 "곱게 물들었으면"

시작노트

완벽한 가슴이 있을까
비난속에도 꽃은 피고
칭찬 속에도 꽃은 진다
진실의 향기가 있으니
피고 짐을 탓할까
나의 詩로 인해 웃을 수 있는
사람이 있다면...

목차

1. 치매라는 지우개
2. 한때는 그랬지
3. 농부의 꿈
4. 간절한 기도
5. 가시는 괜히 있는 게 아니다
6. 강아지풀
7. 덫
8. 가지치기
9. 아름다운 삶의 방식
10. 살처분

시낭송 QR 코드

제 목 : 한때는 그랬지
시낭송 : 박영애

제5시집 〈곱게 물들었으면〉

현대시를 대표하는 특선시인선_418

치매라는 지우개 / 정상화

깊은 동굴 속
말라가는 꽃대공 화려했던
젊음을 잘라먹고 옹알이하네

지남력은 안갯속에 묻혀
소멸된 찌꺼기로 누른 벽화를
그리며 짓는 섬뜩한 미소

화려한 순간이
벌 나비 사랑이 바람의 속삭임이
등짝의 때가 되어 떨어지고

시간 앞엔 영원할 수 없는 삶
앙상한 대공 바람에 서걱이며
마지막 흔적을 지우고 있다

한때는 그랬지 / 정상화

"큰 아야 똥 나온다. 어서 오나라"

한땐, 연분홍 부끄럼으로
뭇 사내 가슴 흔들었겠지
뽀얀 엉덩이 속살에 반해
목매달았을 아버지 그림자가 어른거린다

물동이 이고 걸어가는 뒤태에
사내 가슴 도리질했을 요염한 흔적은
바람 빠진 풍선처럼 주름진 앙상함으로 남았네

총명했던 기억력은 꿈속으로 파고들어
아들을 신랑으로 만드는
혼돈의 시간 속으로 빠져든다

몸도 마음도 부끄럼 삼켜버린 지금
혼자선 아무것도 할 수 없기에
말없이 기저귀를 갈아 채운다

태어나 죽음으로 가는 길 앞엔 누구나 평등하기에
나도 어무이 길을 따라가겠지

주름진 어무이 궁뎅이 속에서
한땐, 아버지 안으며 피어났던
연분홍 부끄럼이 흐른다

농부의 꿈 / 정상화

모내기 끝낸 들판
촉수를 내밀어 바람, 비, 햇살
잡아 캡슐을 만들고 있네

희망이 앉아 있는 벼 뱃속엔
땀으로 얼룩진
배냇저고리가 만들어지고

먼 산이 붉은 옷 갈아입을 즈음
아장아장 옹알이로 벅찬 감동
전해주겠지

논둑길 걷는 농부의 가슴엔
가을이 들어와 풍년 악보 그리고 있다

간절한 기도 / 정상화

평생 흙 속에 몸 비비며
살아오신 당신
자식 위해 던진 삶은
상처 난 꽃잎으로 남았을 뿐

꽃 피우고
홀로 씨앗 키우시고
갈바람에 남겨진 빈집

끈질긴 강인함으로
생사의 고비 넘고 넘어
자식 가슴엔 영생의 꽃

이제,
마지막 고비를 넘기려
사투를 벌이고 계신 당신
할 수만 있다면
내 인생 뺄셈하고 싶습니다
어머니, 힘내소서

여든아홉 꽃핀 삶
단, 삼일로 잊힌다면
코로나로 생이별 된 현실이
너무 아플 것 같습니다

가시는 괜히 있는 게 아니다 / 정상화

어무이,
양쪽 옆구리 콩팥으로 연결된 소변줄 끼울 때 박힌 가시를 품고 산다
소염작용을 돕기 위해 해동피海桐皮
벗기다 손톱 밑으로 가시가 박혔다
쓰리고 아프다
빼낸 자리 피가 솟구친다
가시를 달고 사는 나무들
연약한 몸으로 밟히고 밟힌 시간이
만들어낸 가시를 달고 산다
탱가리 가시에 찔린 물이 아플까
엄나무 가시에 찔린 바람도 아플까
아프게 하지 않으면 찌르지 않는
가시
독을 품은 건 아니었어
함께 살고 싶은 순한 마음뿐
발가벗은 꿩 피 묻은 해동피 넣고
압력솥 뚜껑을 채운다
상처 내지 않으면 상처받지도 않았다
탐내지 않으면 피를 쏟지도 않았다
인연을 맺기 전 한 번쯤은 멈칫하라고 가시를 달고 산다
치마 밑에도
바지 속에도 가시가 있고
가슴 깊은 곳에 가시가 있다
찌르기 위함이 아니다
인연을 위한 따끔한 인사일 뿐

강아지풀 / 정상화

길섶 어디에나 지천으로 자라
눈길 받지 못한 평범한 초록 꽃
땅에 닿을 듯한 허리 굽힘
부는 대로 순응하며 꺾이지 않는 속내

가슴에 담은 소중한 사랑으로
흔들림으로 위장한 눈물겨운 춤사위
속으로 푸른 독기 머금고
겉으로 하얀 미소 짓는 강아지풀

살랑 바람 밀려온 순간
말라버린 하얀 꽃대공
수백 마리 강아지 떼 되어
콩콩 짖어 꼬리 흔들며
깨알 같은 까만 진실 토하고 있다

덫 / 정상화

어둠이 내릴 무렵
왕거미 큰 나뭇가지에서
바람 타고 맞은편 가지에 오가며
꽁지에 투명한 끈끈이 사출하며
덫을 놓고 있다

바람을 이용한 번지 점프
빙빙 돌며 밖에서 안으로 한 코
한 코 투명한 그물을 엮어 가더니
중앙에 죽은 듯 먹이를 기다린다

잠자리 멋 내며 날으다
보이지 않는 거미줄에 걸려들어
파닥일수록 옥죄어지고
주검 되어 체액을 빨리고 있다

죽음의 그림자 모르고 조심성
없어 거미밥 자초한 네 모습
방관한 공모자의 가슴도 저민다

먹고 먹히는 인간사
생존을 위함이야 그렇다 치고
부른 배 더 누리기 위한 탐욕의 덫은
어찌할꼬
갈 땐 손 펴고 가는데

가지치기 / 정상화

감나무 가지 잡고
갈등에 빠져 허우적거리다
튼실한 꽃눈 남기고 잘라버린다

좀 전까지 한 몸이
선택되지 못한 채 짤려진 아픔 되어
툭 떨어진다
품었던 꿈과 함께

피어서 추한 꽃의 설움보다
피지 않음이 다행이고
억지로 피어지는 고통보다
스스로 피어짐이 아름다운 것을

죽을 때까지 끊을 수 없는
연의 끈 자른 농심의 가슴엔
동행할 수 없는 이별의
눈물 흐른다

떨어져 썩은 네 육신 부활할 때쯤
탐스런 감 탱글거리겠지
어차피 세상은
적자생존인 것을

아름다운 삶의 방식 / 정상화

작답 밭 비닐을 정리하다
온몸 고슴도치가 되었네
건드려 주기 위한 기다림의 시간
저린 발 털며 버틴 속내
생존을 위한 몸부림을
인정하지 아니하고 욕을 퍼부었으니
삶의 방식이 다를 뿐
모두가 다른 삶의 기준이니
모두가 아름다운 것을
도깨비바늘아, 미안해
어떤 이유로도 존중되어야 할
삶의 방식을 두고 욕했으니
어쩜 좋으니!

살처분 / 정상화

우람한 장정 네 명이 시커먼 얼굴에
모자랑 푹 뒤집어쓰고 밧줄로 주둥이를 묶고
귀로 걸어 두 사람 밀고 한 사람 당기고
그래도 버티면 몽둥이로 두드리고
꼬리 꺾어 차에 싣는다
"몇 마리고?"
"마흔세 마리입니다"
소차 뒷문이 열리고 육백칠십 킬로그램 소리치자
순둥이, 쌍둥이 새끼를 옆에 끼고
구덩이 쪽으로 끌려간다
"귀표번호 10022467"
－확인
도수, 입술을 깨물며 납탄총을 순둥이 정수리에 쏜다
집채 넘어가듯 쓰러진 어미소
퉁퉁 불어 있는 젖통
쌍둥이 송아지 젖꼭지 물고 빨아 댄다
－꿀꺽꿀꺽
또 다른 도수 뾰족한 망치로 송아지들을......

시인 정찬열

프로필

대한문학세계 시, 수필 부문 등단
제10회 대한민국 문화 예술 대상 수필 부문
제12회 미당 서정주 시(詩)회 문학상
제3회 전국 장애인 문학상 (詩 부문 우수상)
제12회 대한민국 문학예술 대상(詩 부문)

〈저서〉
수필집 "짓눌린 발자국"
제1시집 "날개 꺾인 삶의 노래"
제2시집 "다시 오지 않는 삶의 구간들"
제3시집 "사라진 눈물"
제4시집 "연필로 그림 오른손"

시작노트

가장이라는 이름의 멍에를 쓴 왼손아
'내가 인생의 산맥을 넘을 때까지
눈물이 낙엽처럼 붉게 물들어도 떨어지지
말고
동행해야 한다'며 혼잣말로 다짐한다
몸으로 돌아오지 못하는 오른손 이 세상에
없는 너를
나는 연필로 허공에 그려놓고 하루하루를
살아간다.

시 〈연필로 그린 오른손〉 중에서

목차

시낭송 QR 코드

제 목 : 연필로 그린 오른손
시낭송 : 최명자

제2시집 〈다시 오지 않는 삶의 구간들〉

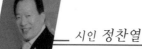

연필로 그린 오른손 / 정찬열

감전 사고로 없어진 오른팔에서
끊임없이 흘러나오는 통증은 사라지지 않는다

굼뜨고 어설펐던 왼손만으로
일상의 안팎을 돌보며
어렵사리 자동차 운전하고 밥을 먹어야 하는
사소한 일조차 버거운 긴장의 연속이다
날렵한 오른손이 해야 할 일은
삐걱거리는 팔목과 어깨까지 까마득한데
하늘을 휘휘 저어도 어디로 사라진 오른손은 찾을 수가 없다

왼손은 제 짝이 하던 일까지 도맡아 하느라
손가락 끝이 붉디붉다
아는 것보다 모르는 것이 더 많은 왼손
허공에 연필로 그린 오른손이 허공에서 잡힐 듯 잡히지 않는다

가장이라는 이름의 멍에를 쓴 왼손아
'내가 인생의 산맥을 넘을 때까지
눈물이 낙엽처럼 붉게 물들어도 떨어지지 말고
동행해야 한다'며 혼잣말로 다짐한다
몸으로 돌아오지 못하는 오른손 이 세상에 없는 너를
나는 연필로 허공에 그려놓고 하루하루를 살아간다.

보릿고개 / 정찬열

삘기 꽃이 하얗다 가슴 시린 보릿고개
봄은 저만큼 가버렸지만
어릴 적 잘도 찾던 한 줌의 삘기

트로트 노래 경쟁 속에
나이 어린 가수가 박수받은 그 노래
"아이야 뛰지 마라. 배 꺼질라."

젊은이들은 알까 한 많은 보릿고개를 봄이면
언덕을 헤매며 허기에 뽑아 든
한 주먹 삘기,
감 쪼개 먹으며 배고픔을 달래고 송기(松肌) 껍질
벗겨 먹었던 앙금 같은 세월

삘기 뿌리 칡넝쿨에 찔레 순을 꺾어 먹었던
그 시절
한 많은 보릿고개

어찌해야 좋을까요 / 정찬열

매달린 행운만큼 죽음은 면했지만
구급차에 실려 가는 해거름이 아프다
달리는 차에서 십 년을 폭삭 늙어 퍼렇게 질린 아내

10여 시간 걸리는 4번의 수술 끝에
오랜 잠에서 깨어나 뼈만 남은 오른팔이 눈을 뜬다
불행 중 다행으로 살아줘서 고맙다는
가족의 위로를 뒤로 하고 슬픔 퍼뜨리는
주삿바늘 주렁주렁 매단다

병실 바닥에 쌓이는 진한 서러움으로
차도가 없는 3년의 재활치료 고통만 캄캄하게 자라
속 떨리는 병마를 얻어버린 아내
어쩔 수 없이 오른팔을 자르게 됐다
신열 앓으며 남은 생계 짊어질 눈시울 붉히는 왼팔

왼쪽 어깨 인대의 파열로 수술해야 한다는
한마디에 와르르 무너지는 저녁 시간들
남은 팔까지 못 쓰면 일상을 꾸려갈 수 없다
관리를 잘해야 한다며 막막한 하루가 내려앉자
운전과 컴퓨터 하지 말라고 의사는 당부한다
가족을 꽃 피우기 위해 몸부림치며 일어서야 한다.

어머님의 유둣날 / 정찬열

1960년대 내 고향 나주 봉황에서
어머님 따라 걸어서 사십 리 길
영산포 가람 들대 앞 모래부리에
난생처음 보는 넓은 모래 뜰이 있었고
오가는 나룻배의 신비함을 보면서
낯선 체험의 어린 시절을 기억해본다

그 시절에는
바닷물이 영산 가람까지 밀려왔고
나룻배가 성황을 이룬 영산포 강변에
음력 6월 15일은 유둣날에 동쪽으로
흐르는 물에 머리를 감고 목욕을 하면
더위를 안타는 속설인 명절이란다

어머님은 삽으로 모래 구덩이를 파놓으시고
파놓은 모래로 덮어 달라고 하신다
철모르고 어머님 몸을 묻어드린 사연
한가람 모래사장 그 자리에 강물이 흘러
그 옆을 지나칠 때나 유둣날이면
어머님을 모래찜질해드린 추억은 아련하기만 하다.

산 삼지닥나무꽃 / 정찬열

34년 만에 개방된 무등산 길
광주 시민의 생명수 제2수원지 오솔길 따라 걷는다

윤슬 반짝이는 아침 햇살에 옷깃 여미고
연녹색 옷 입은 미니 너덜겅 계곡물 따라
지그재그 흐르는 징검다리를 돌계단을 힘겹게 오른다

용추계곡 따라 중머리재 오르는 석산 길에
반경이 커다란 산 삼지닥나무꽃 무리
등줄기 땀 배니 한 무리 군무 이룬 꽃나무 있어
간밤에 내린 서리에 고개 숙인 가녀린 꽃송이

추위에 저항했는지 키는 낮지만,
2월 하순에 피어 6월 물소리에 열매 맺는다는
용추계곡 폭포수에 빙설이 녹아 흐르는 소리가 정겹다

국립공원 유산의 보고(寶庫) 무등산 산 삼지닥나무꽃

아버지를 닮은 사랑 / 정찬열

일제 치하 꼬임수에 빠져
구주 탄광에서 갖은 고난 끝에
귀국하는 선박 창고 속 생쥐가 되었다는 아버지
가까스로 귀국하시어 고향에 돌아왔다

사남 이녀와 어머니가 지켜온 오막살이집
덕룡산에서 흘러내린 넓은 자갈땅 냇가에
때마침 그곳에 저수지 둑 쌓고 생겨난 빈터
큰형과 어린 나를 데리고 일궈 놓은 농토
큰 돌은 논둑을 쌓고 삼태기로 자갈흙 골라
마련한 다섯 마지기 논밭

아버지가 밤이면 끙끙 앓는 소리에
동요되어 아차 하는 순간에 일터에서
부드러운 손이 갈라지며 피가 흘렀다
어머니는 쑥잎 따와 지혈시키고 아버지는
삘기 꽃을 뽑아와 무명 옷고름을 뜯어 묶어주었다

자갈 똥 밭에 목화와 고구마를 심어
부모님의 등이 굽어질수록 푸르러지는 논밭
겨울이면 목화솜을 타, 방 안 가득 쌓아두고
수수깡대로 무명 꼬치 말아 입을 옷 지었다
고생으로 일군 농토에 악착같이 살으셨고
나 역시 열심히 노력하여 공학도가 되었다.

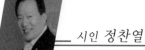

당신은 나의 전부 / 정찬열

내게도 힘든 시간이 있었을 때
당신은 나의 힘이었습니다
곁을 지켜주고 언제나 나와 함께 해준 사람
그 사람이 있었기에 내가 존재한 것입니다
살다 보니 비록 장애인이 되었지만

살아오면서 강단했던 나에게도
뜻하지 않은 변고가 있을 수 있는 것이
생명을 가진 자의 숙명이며, 설마!
하는 것이 내게 찾아왔습니다
정신을 잃고 방황할 때 당신이
손잡아 주었기에 살아남을 수 있었습니다

정들어 머물다 떠나갈 삶에
수족이 되어주기에
따스한 온기가 나를 감싸고 있습니다

당신의 소중한 온정이
오늘도 나의 편안함이 존재하고
'그 사람이 있기에' 오늘이 있습니다
깊은 곳에서 내 마음을 꺼냅니다
쑥스럽고 화끈거리지만, 당신을 많이 사랑합니다

남해 관음포에서 / 정찬열

네 번째로 큰 섬 경상남도 남해
고려 때 일곱 명이 위리안치됐고
조선 시대에는 백칠십구 명이 유배 온 섬
고려말 정지 장군은 남해에서
47척의 배로 120척의 왜구를 물리쳤다

정지 장군의 명성을 남기기 위해
남해 주민들이 손수 다듬어 세운
남해 고현면 공설시장 내에 세워진
수훈의 정지탑(鄭地塔)은 자긍심이 높다

남해 제1교 2대교를 시작으로
삼천포를 이어주는 창성 대교
보리암 풍경소리가 망망대해 뻗어나가고
온 산천 기상이 푸르른 곳
육지처럼 변해버린 네 번째 큰 섬
불세출 장군들의 격전지가 산재해 있다

일찍이 정지 장군의 걸출한 기개가 있어
남해의 위상을 드높일 수 있었고
이순신 장군의 충혼의 넋을 기리는 관음포에는
남해군 문화재 제42호로 세워진 정지 석탑
어디를 가도 아름답거니와 인심이 후한 남해여라.

새옹지마(塞翁之馬) / 정찬열

어려서 살아가는 일을 배우며
글 쓰고 공생을 길들이고
성인이 되어 육체를 다스리다
왼손도 모르게 오른손이 희생됐다

농사를 짓는 일과
이공계 전기제품을 다루고
살기 위한 헌신과 희생을 했건만
순간에 돌이킬 수 없는 실수를 하고 말았다

취미라며 사냥과 낚시 놀이에
하루아침 감전의 대가를 치른
특별 고압 전기는 저승으로의 손짓이다

오장육부에서 다리와 왼팔만 성한 채
오른팔을 잘려 내야 하는 처절함은
오른손이 하는 일 왼손이 대신할 수 없어
망상의 해탈은 일장춘몽(一場春夢)이었다

부모님이 내려준 성철(聖哲)을
한목숨 다 할 때까지 지키지 못해
숙명이라는 단어로 자신을 위로하며
한쪽 날개를 잃은 새가 되었지만
새옹지마의 의지로 살아가고 있다

고통의 감내 / 정찬열

겉으로는 멀쩡한 모습이다
구차하고 생각하기 싫은 아픔과
얼룩진 상처가 난마처럼 얽혀 있다
안전이 제일이라는 말은 급한 현실에 잊고 살았다

불행을 내 것으로 만들었으니
지난날을 생각하면 할 말을 잃고 만다
아프고 쓰라린 세월은
뼈저린 다짐으로 멀리하고자 했다

통증과 생활의 불편이 없어질 거라는 것을
받아들이면 하루가 여삼추라
고생한다는 말도
이젠 무덤덤하여 위로가 되지 않는다

상시에 견뎌온 상흔
계속된 통증은 평생 나를 괴롭힐 것이다
누가 대신할 수 없는 역경을
견뎌 내기가 벅차고 힘든 생각이 들 때마다 괴롭다

강산도 한 번 바뀌고 더 지난 지금
제때 약을 먹지 않으면
이어지는 통증과의 전쟁이지만 받아들인다
고통도, 나만큼 아프리라 생각하면 눈물이 난다

시인 조한직

프로필

충남 공주 출생, 대전 거주
대한문학세계 시 부문 등단
(사)창작문학예술인협의회 이사
대한문인협회 대전충청지회 정회원
2021년 한국문학 문학대상
2015년 순우리말 글짓기 대상

〈저서〉
제1시집 "별의 향기"
제2시집 "고독 위에 핀 꽃"

시작노트

가슴 타들어도 아니라면
아니시라면
잎을 떨구어내는 나무처럼
한 길 내 속에 그리움 모두 묻어
왜냐고 묻지 않고 홀연히 돌아서서
더는 그대를 모르리다

연기 없이 타는 단풍처럼
가슴 검게 타들어도
이 아픈 마음은 다 내 것입니다
타다만 가슴에는 둥둥 바람이 일겠지요

시 〈가슴에 이는 바람〉 중에서

목차

시낭송 QR 코드

제 목 : 가슴에 이는 바람
시낭송 : 조한직

제2시집 〈고독 위에 핀 꽃〉

엄마 / 조한직

엄마
못 뵈면 눈물입니다

엄마
뵈어도 눈물입니다

엄마
불러보면 눈물입니다

엄마
부를 수 없어 눈물입니다

오늘도
엄마 생각에 눈물이 납니다

그러나 엄마 앞에서는
하얀 이빨로 웃습니다

엄마에게
내가 보일까 봐.

당신은 나의 별 / 조한직

어느 날 우연히
우주에서 만난 인연
내 안에서 언제나 웃고 있었지요

날마다 가슴으로 녹아들어
함께 호흡하며
무시로 내 심장을 두드렸지요

그리움이 하얗게
별처럼 흐르던 날에도
곁에서 당신을 바라보며 나는 웃었지요

하나, 멍한 세월
같은 길 위를 서성이며
하고도 못다 한 사랑이 못내 아쉽구려

그리움 하얗게 굳어
바위가 되어가는 지금
내게 당신의 모두는 사랑이었지요

아~ 사랑
노을 속으로 하염없이 흐르는 애달픔이여
연기 없이 타닥대는 인생이여~

가슴에 이는 바람 / 조한직

한 길 가슴에 차마 내 말 묻습니다
가을엔 "사랑해도 되냐는"
흔들리는 마음 돌아봐도
기댈 수 없는 그리움뿐입니다

말해주오
사랑해도 되냐는 그 물음
이러는 게 죄라면, 죄라시면
용암처럼 솟는 그리움 심장을 살라도
이대로 속절없이 돌아서리다

가슴 타들어도 아니라면
아니시라면
잎을 떨구어내는 나무처럼
한 길 내 속에 그리움 모두 묻어
왜냐고 묻지 않고 홀연히 돌아서서
더는 그대를 모르리다

연기 없이 타는 단풍처럼
가슴 검게 타들어도
이 아픈 마음은 다 내 것입니다
타다만 가슴에는 둥둥 바람이 일겠지요

사랑의 여백 / 조한직

기다림 속에는
달보다 둥근 그리움을 포용할
아름다운 여백이 있습니다

부초 같은 하얀 그리움을
그 여백에 투시해 보세요

속앓이를 벗어
아련히 숨어드는 여백의 틈에
살포시 던져보세요

그리고 따뜻한 가슴으로
둥둥 여백을 두드려보세요

하얗게 닫힌 여백이
봄눈처럼 사르르 녹아들어
귀 기울이면 동동 가슴을 울릴 거예요

여백에 조용히 울림이 오면
그즈음이 사랑의 임계점입니다.

빗물 같은 그리움 / 조한직

가슴을 타고 흐르는
촉촉한 무성의 흐느낌은
발자국 지워져 간 빗속의 그리움이다

먼 산을 바라보는 빗속
잡을 수 없는 하얀 거리만큼
아득히 멀리 흘러간 세월이
송골송골 시간 위에 맺혀서 구른다

빗물처럼 그리움이
어깨 위로 하얗게 쏟아져 내리면
어깨는 무게에 흔들린다

하나둘 인연은 떠나고
쌓여가는 공허 위에
빗물처럼 추억으로 젖어 드는 그리움

어둠에서도 하얀빛으로
별처럼 반짝이며 나를 감돌아
꿈처럼 살포시 내려앉는 그리움
아~ 꿈이런가
나로는 너를 잡을 수가 없어라.

내 마음의 새 / 조한직

오실 때는 온다, 말고
그냥 오세요

접힌 날개 여기
심원(心源)에 묻어두고
하늘만 바라보다 굴뚝이 되었어요

오다가다 생각나면 돌아보시고
연기 없는 굴뚝에 그냥 앉았다 가세요

쉼터처럼 이 가슴
그리움 삭여주는 멍석을 펼쳐놓고
흰 구름 흐르는 하늘을 우러릅니다

가실 때는 간다, 말고
포르륵 그냥 가세요

오실 때 오신대로 그렇게
돌아보지 말고 홀홀 날아가세요
외로움도 이젠 나의 일상입니다.

새야 / 조한직

네 아름다운 새야~
돌아갈 곳 어디 메냐
나무 위에 앉아 하늘 한번 쳐다보고
고개 갸웃거리며 땅 한번 바라보고
부르는 노래는 평화롭고 아름답네

바람의 날은 춥고
저물어 으스스한데
돌아갈 곳 조석거리 있으랴

어여쁜 새야~
주린 배로 어딜 날아갈까
내게로 와 어깨 위에 앉으렴

내 친구로 나와 함께 살고지고
네 친구로 너와 함께 살고지고
밥도 주고 집도 주려 마
외로운 새야~
아름다운 새야.

의연한 산아 / 조한직

산이 언제 손짓하던가
산이 거기 있어
바람 불어오는걸

산이 높아
언제 나를 바라보던가
바라보는 건 언제나 나였던 것을

하늘을 우러르는 산아
저 산 높아
오르는 건
온전히 우리의 뜻이었지

사람들아
높아서 산인 것을
탓하지 마라.
산이 언제 손짓하던가

오르며 사람들은 넋두리하네.

구름 / 조한직

유유자적 흘러가는 구름아
너는 너의 갈 곳을 알고 있더냐

슬픔을 모르는 듯
솜털같이 하얀 구름아
가는 곳 몰라도 참 평화롭구나

이별을 노래하듯
허공을 흐르는 하얀 무체(無體)의
뭉치고 흩어짐이 참으로 조화롭구나

우르릉~~
아픔을 토하듯
때로는 먹구름 하늘을 덮은 산통으로
수만 가지 유형의 검은 수심을 쏟아부을 때
그것은 눈물이었지

이미 검어질 때 나는 알았지
슬픈 이별의 고통스러운 산통을
정녕 이별은 아픈 눈물인 것을
세상 어느 것도 이별은 필연인 것을.

시간을 앞서가자 / 조한직

새벽을 사랑하라
새벽을 사랑하지 않는 자
인생의 지혜를 얻음이 적으며
고뇌 없는 허송장야(虛送長夜)는 내일이 없다.

황금같이 주어진 시간을
온전한 자기의 시간으로 만들어라
그 속에 밝은 미래가 열릴 것이다

흐르는 시간에 쫓기지 말고
오지 않은 시간을 앞서서 가라

육신을 지배하지 못하는 영혼은
눈앞의 기회를 잡지 못하며
부정적인 생각에 빠지게 된다

시간 앞에 길이 있다
허황한 생각에 침몰하여
시간에 쫓기지 말고 한발 앞서서 가라.

시인 주응규

프로필

대한문학세계 시, 수필 부문 등단.
(사)창작문학예술인협의회 부이사장
대한문인협회 부회장

〈저서〉
제1시집 "人生은 詩가 되어 흐른다."
제2시집 "삶이 흐르는 여울목"
제3시집 "시간위를 걷다"
제4시집 "꽃보다 너"
수필집 "햇살이 머무는 뜨락"

시작노트

삶의 강(江)에 노니는
시어(詩語)를 낚아 올려
하얀 여백에
가지런히 늘어놓으리

아궁이 장작불은 활활 타올라
빈 가마솥은 안달 나도록
끓어 넘쳐나 들썩이는데
진즉에 잡아넣어야 할
시어는 입질만 하네

낚싯대를 길게 드리워
낚은 시어(詩語)를
조릿조릿 다려서
소담스레 차려놓은 시(詩)는
가객(歌客)의
입맛을 돋우려나.

-시(詩) 주응규 -

목차

시낭송 QR 코드

제 목 : 통도사에
　　　　홍매화가 피거든
시낭송 : 박영애

제4시집 〈꽃보다 너〉

통도사에 홍매화가 피거든 / 주응규

통도사에 홍매화가 피거든 소식을 주오
오래전에 세상과 등져버린
그 님을 꽃 마중하리다

통도사에 봄소식 있거든 불러주오
인연의 끈을 놓지 못해
오래오래 담은 그리움이
홍매화로 찬연히 핀다 하오

통도사에 홍매화가 필 적에 연락하오
몇 해를 벼르고 벼르다
올해는 아픈 마음 달래주고픈
사람이 있다오

통도사에 홍매화가 피거든 불러주오
서서히 사위어가는 가슴에
고결한 숨결을 깃들어
발갛게 꽃불 놓으리다.

엉겅퀴꽃 / 주응규

창연(蒼然)한 들판의 음영(陰影)이
속절없이 바스러질 듯
푸른빛 반영(反映)에
사로잡히는 七月

해를 묵힌 오랜 회한(悔恨)이
경련을 파르르 일으키며
속살을 갈라 피는
엉겅퀴꽃이여!

현란한 화관(花冠) 쓴 우아한 자태
맑은 하늘에 투영(投影)되어
햇살마저 사르는구나

가시울타리를 둘러
쉽사리 근접 못할 숭고미의
엉겅퀴꽃이여!

자줏빛에 담은 의미가
무엇이길래
바람이 스칠 때마다
누구를 향해 하염없이
손짓하시나!

내 그리움에 / 주응규

언뜻 다가서는
내 그리움에 길을 내어준다

가슴에 스멀스멀 스미는 내 그리움
초점 맞지 않은 영상처럼
흐릿하게 비추는 멀어져 간 날들

내 그리움이 머물렀던 공간들은
하얀 연기를 뿜는 목탄 기차처럼
긴 기적을 울리며
구름 밖으로 사라지고

덩그러니 홀로 남은 나를
한없이 흔들어 대는
너울 탄 바람에 떠밀려가는
내 영혼의 가지 끝에
또다시
그리움이 움튼다.

봄볕 / 주응규

봄 강에 가랑가랑 부서지는
바람이 어느 꽃나무를
하느작하느작 흔드는 봄날
첫 꽃물들인 매무새 고와라

그대 웃음 띤 청아한 모습이
햇살에 초록이 피어나네
봄볕에 흐르는 꽃향기 스미면
남몰래 눅잦히던 가슴은
볼그레 봄물이 올라
수줍게 꽃망울을 터트리네

옛 추억을 살몃살몃 들춰내는 봄
어느 봄날에 흘리던
그대 가엾은 눈물
눈물 닦으리.

비련(悲戀) / 주웅규

가슴에 사랑 불 질러 놓고
떠나간 사람아

이별이 못내 아쉬워
쏟아지는 눈물이
단비 되어
가슴을 식혀주면 좋으련만

땅이 꺼질 듯한
긴 한숨은 바람 되어
가슴에 타오르는 사랑 불은
꺼질 줄 모르네.

* 시조창 남훈태평가 인용

그리움의 시간 / 주응규

그리움의 물결이 밀려와
햇살을 두르고 은빛 물비늘을 이루며
파랑(波浪)을 일으키는 날

물보라에 아득히 어리는
그대 생각나
눈물로 애타게 불러보지만
공허한 바람만이
가슴을 스쳐 갈 뿐

그리움의 파고를 넘었는가 싶으면
또 그리움의 한 파고가 밀려와
가슴에 하얗게 부서집니다

그리움의 시간에는
처음도 끝도 없습니다
매 순간순간이
처음이고 끝입니다.

어마이 생각 / 주응규

고단한 하루가
어스름에
고즈넉이 안길 때

야야 – 밥 무라

바람결에 언뜻 스치듯
귓전을 맴도는
다정한 목소리 쫓아

어둠 밖 하늘
별빛 타고 도는
그리움.

* 어마이 : 어머니의 방언(강원, 경상, 함경, 황해).

나의 봄 / 주응규

당신이 진실로 아름다운 건
격랑의 거친 날들을 헤치고
오시기 때문입니다

당신은 향기라는 날개가 있어
보고 싶고 그리울 때마다
꽃같이 피어납니다

햇살과 바람을 곱게 차려입고
찰나처럼 피어나는
눈부신 당신입니다

따사로운 햇살 속에서 잠 깬 당신이
너무나 사랑스러워 가만히
에멜무지로 안아보곤 합니다

공허한 가슴에 무시로 찾아와
핑크빛 물들이는 당신은
나의 봄입니다.

* 에멜무지로 : 결과를 바라지 아니하고 시험 삼아 하는 모양.

당신을 향한 마음 / 주응규

하루의 여백에 스며드는 햇살같이
하룻길에 줄지어 선 바람같이
내 하루하루의 삶 속에는
당신으로 가득합니다

맛난 음식 먹을 때면
가장 먼저 생각이 나고
풍경 좋은 곳을 여행할 때면
절실히 함께하고픈 사람이
바로 당신입니다

당신을 향한 마음은
밤낮 저물지 않는
백야(白夜) 같습니다

자신을 불살라 어둠을 밝히는
촛불 같은 사랑으로
당신을 향한 마음은
늘 한결같습니다.

* 백야(白夜) : 밤에 어두워지지 않는 현상. 또는 그런 밤.

추풍(秋風) / 주응규

잎새에 사늘히 적신 그리움을
갈바람 편에 띄워 보낸 이가
그대였군요

때때로 눈시울 적시고
결결이 미소 머금게 하는
이, 또한
그대였군요

잎새에 사늘히 적신 사연이
잎잎이 단풍 들면
우리만 아는 그곳에서 만나요

그리움 물든 기다림은
낙목한천(落木寒天)에 홀로 핀
국화 마냥
그대를 기다립니다.

poem art
명인명시 특선시인선
2023

시인 최명자

프로필

대한문학세계 시 부문 등단
(사)창작문학예술인협의회 회원
대한시낭송가협회 회장
대한문인협회 대전충청지회 총무국장
문화예술 종합방송 아트TV '명인명시를 찾아서' MC
(주)웅진씽크빅 교사

시작노트

그냥 / 최명자

그냥이란 말엔
흐릿한 네가 끼어 있다

빛바랜 앨범을 넘겨보면
안개꽃 망울망울 핀
아릿한 그리움의 스냅

잊혀져 가는 것을 떠올려
다시 숨쉬게 하는
곱다시 접어 둔 추억

그냥이라는 획으로 풀리는
너라는 말

목차

시낭송 QR 코드

제 목 : 연분홍 사랑
시낭송 : 최명자

공저 〈2022 명인명시 특선시인선〉

가을 여정 / 최명자

불꽃처럼
뜨겁게 타올라
찬연한 시간을 뒤로하고

타는 눈망울에
저마다 아픈 사연 담아
서늘한 바람에 몸을 던진다

한 줌으로 쓸쓸히 밟히는
정처 없는 유랑의 발길
삶의 갈피마다 흔적을 남긴다

짧은 시간 긴긴 이별의 몸짓으로
신음을 토한
아슴아슴한 여정 속에서

다시
봄을 품는다

그대의 향기 / 최명자

언제부터인가
내 맘에 다가온 그대
빗방울 속에 아롱져 내리듯
가슴에 스며듭니다

한 걸음 내디딜 때마다
그대가 곁에 있는 듯
아릿하게 떠오르는 추억

그대 들리나요

오롯이 그대 생각에
내 마음 빗소리에 실어
그리운 연서 띄웁니다

봄향 같은
그대를 그립니다

그리움 / 최명자

이슬 내린 풀섶에
여리고 여린
봄이 왔다 합니다

바람이 머문 자리에
하나둘 숨은 풀잎
살짝 들추면
그리운 얼굴 나타날까

긴긴 기다림에
하얗게 터트린 꽃
풀섶에서 어른대는

바로 당신입니다

그리움의 화살 하나가 / 최명자

나의 머릿속을 떠돌던
화살 하나가
그대의 심장에 박혀
파르르 떨던 날

그대의 따스한 눈빛에
나는 길을 잃었습니다

투명하게 얼비치는
그대의 동공에도
한 점 과녁이 있었지요

먼 훗날에도
타는 그리움에 떨며
영영 그대는
한 점으로 남아 있겠지요

달빛이 나비치면
화살은 빛나는 시위를 떠나
꿈인 듯 그대를 향해 날아갑니다

또또사랑 / 최명자

사랑하고
또 사랑하는 마음으로
웃음이 맑고
꿈 많은 아이를 만나
생각을 입혀준다

초롱초롱한 눈망울에
글을 담아주면
수정보다 더 반짝거린다

하얀 마음에
희망을 품은 씨앗 하나
눈 맞추고 입을 맞추며
미소 지을 때마다
여린 가지를 뻗어 올린다

사랑하고
또 사랑하는 눈빛으로
꿈나무를 만난다

봄빛에 물들다 / 최명자

어두운 밤이 걷히자
스치는 바람에 고요마저 깨어진다

게으른 졸음 툭툭 털고
자드락길 오르는데
연둣빛 물감이 풀린 듯
물오른 초록의 잎새들이 싱그럽다

내 곁에 다가서느라 분주한
풀빛 가득한 봄의 능선

가슴이 설렌다
어느새 그 속으로 녹아들었는지
그들과 함께
시나브로 봄빛으로 물든다

저만치
하얗게 달라붙은 눈짐을 남겨두고
한아름 봄을 안고 온다

봄의 선물 / 최명자

겨울의 끝자락
은빛 미소로 흔드는 꽃가지에
봄빛이 내려앉는다

살며시 다가온 햇살 한 줌
오랜 기다림 속에
향기 품은 꽃망울 터뜨린다

창문 너머
봄이 선물한
한 폭의 수채화

저만치서 웃음소리 들린다

덩달아 행복해지는 마음
스치는 바람에
임 얼굴 지나간다

손바닥 꽃 / 최명자

여행 중에 찍은 사진 한 장
일곱 명의 미녀군단이
한쪽 손끝을 맞닿게 모으자
화르르 꽃으로 피어난다

일곱 빛깔 주렁주렁 멋 부린 꽃잎에
한바탕 웃음으로 떠들썩하다

이국의 도시에서
우정으로 피어난 손바닥 꽃
작은 카메라 속으로 꽃향기보다 빠르게 스며든다

여행 중에 찍은 사진 한 장
마음속에 정 하나 담아
참 따뜻하다

시인의 여정

목마른 시어에 갇혀
잠망경 눈을 뜨고
드넓은 수평선을 넘본다

시어에 오롯이 담아낸 이야기가
눈물이 되기도 웃음이 되기도 하며
인생의 계절을 적시어 간다

가을이 열매와 잎을 물들여
스스로 아름다워지듯이
따스한 숨결 불어넣어
마음을 물들인다

자우룩이 피어나는
삶의 흔적을
하얗게 불태운다

연분홍 사랑 / 최명자

그리움이 살며시
가녀린 햇살을 흔들면
연분홍 미소는 봄으로 피어난다

봄 향기 스쳐가는 우아한 몸짓은
그대 그리는 사랑이어라

산허리에 걸린 자줏빛 그리움
산들바람 머문 자리엔 그대 있으리

한 자락 바람 젖어들어
아름답던 사랑의 향기 떨구면
그대 사랑 그리워
고이고이 가슴에 담는다.

시인 최윤서

프로필

경남 진주 거주
대한문학세계 시 부문 등단
(사)창작문학예술인협의회 정회원
대한문인협회 경남지회 (현)사무국장

문학 어울림 동인 시집
대한문인협회 경남지회 동인 문집
2020 유화로 보는 명인명시선
명인명시 특선시인선 외 다수

시작노트

더 넓고 더 깊게
마음 보따리 풀어 놓았습니다

단풍의 고운 미소만큼
생각 보따리 열어 놓았습니다

아름다운 날 미래의 꿈
문학의 길로 다리를 건넜습니다

길손의 자국마다 대도 무상의
흐름에 붓이 딥습니다

시낭송 QR 코드

제 목 : 제목을 잃은 시
시낭송 : 박남숙

공저 《2022 명인명시 특선시인선》

제목을 잃은 시 / 최윤서

말갈기를 휘날리며
초원을 누비는 백마처럼

물살을 가르는
고래의 등줄기처럼

하늘을 비상하는
독수리의 날갯짓처럼

머릿속을 휘젓는
미친 사랑이 뛰어다닌다

지울 수 없고
끊을 수 없는

세상에 하나뿐인
유일한 내 사랑

대체할 수 없는
그리움에 지쳐 잠 못 이룬다.

체온 / 최윤서

입술과 가슴에
맞닿은 체온
오를 줄만 아는
뜨거운 체감 온도

애절한 눈빛에
묶인 발걸음
심장의
중심을 맴돈다.

연꽃 / 최윤서

진흙탕 속 뿌리내린 생명
발밑에 수렁을 탓하지 않는다

상생과 공존의 열린 마음이
열매를 맺고 꽃을 피우는
보람과 가치가 무한하기에

칠흑 같은 늪이 옥죄이고
폭우에 흔들리고 꺾일 때
강한 생명으로 거듭 태어난다

인내의 시간을 감내한 자만이
손에 닿을 수 있는
청초하고 맑은 꽃중에 꽃이라

세파에 물들지 않는
고귀한 혼의 외침이
곧은 가지로 뻗어 나온다

늪 / 최윤서

지구를 돌고
우주를 돌고 돌아도
그때
그 시절의 추억이
시곗바늘 되어 잠에서 깨운다

영원을 꿈꾸게 하는
짜릿한 교감과
환희 찬 늪으로
뜨겁게 샘솟는
사랑의 진실을

그 무엇이
갈라놓는다 해도
시린 눈물이 앞을 가려도
인내심의 한계를 느끼는
고통의 순간에도

지켜 주고
또 지켜 주고 싶었다
자존심 하나로 버티는
내 사랑을 위하여

소통 / 최윤서

푸른 바다는
파도 소리로

울창한 숲은
산새 소리로

바위틈의 폭포는
물소리로

사람의 사이는
목소리로

따로 또 같이
하나 되어

정겨운 마음으로
그렇게 사는 것이다.

모르쇠는 모르리 / 최윤서

욕정이 불타는가
바람이 뜨거운가
본능이 어둠을 장악한다

이성과 사고를 저버린
흐트러진 정신과 몸짓
도발적인 여인의
살랑이는 치맛바람이
음주가무의 풍류를 더하고

건반 위의 손가락이 바쁜 탓에
한밤의 운율이 자유롭다
온몸으로 노래하는
쾌락의 늪은 깊기만 하고
위태로운 외줄 타기는
기억을 갉아먹는
모르쇠로 남는다

흔들리는 영혼이
자신을 잃어가는 시간
세상은 눈을 뜨고 빠르게 흘러간다.

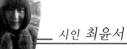

내가 만드는 인생 / 최윤서

미래를 꿈꾸거든
과거에 얽매이지 말자

시련을 교훈 삼아
성장의 기회로 만드는
현명함이 필요하다

지금 자신의 행동이
미래의 모습이다.

원인이 있으면
결과가 있는 법
원인과 결과도
자신이 만드는 것이다.

운명 / 최윤서

흔들리고 꺾여도
끊김 없이 이어진
인연의 고리

보이는 것보다
앞서는 무의식

눈과 눈의 거리가 아니라
마음과 마음의 거리이다

깊은 사랑과
따뜻한 정은

사람이 가진 무기 중에
가장 뛰어난 것이다.

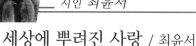

세상에 뿌려진 사랑 / 최윤서

사람도
사랑도
세상도 몰랐습니다
당신을 만나기 전까지

작은 기쁨이
큰 기쁨이 되고
작은 아픔이
큰 아픔이 되는 것도

당신의 웃음이
나의 하루를 밝히고
당신의 말 한마디가
내 삶의 전부가 된 것도

숨길수록 파고드는
숱한 그리움을
가슴에 묻으며
외로운 사랑도 알았습니다

차곡차곡 쌓이는
눈물 젖은 추억과
뺨을 적시는 빗물이
가로등에 반짝이는 밤

사랑과 이별의 잔해로
세상에 버려진
많은 변명들이
바람에 흩어지고 나부낍니다.

흘러가서 인생이다 / 최윤서

달무리 진
어둠의 병상
젖을 대로 젖은
심장의 무게가 애처롭다

생사가 걸린 몸부림에
고통의 춤을 추고
순정을 바친 자아는
땅바닥을 뒹군다

연민과 질투
애증이 눈물을 삼키고
짓눌린 마음은
쓰라린 고통을 지켜본다

검은 장막에 가려진
때 묻은 진실을
묵언의 수행으로
안고 지켜가리라

하룻길 켜켜이 쌓인
곪아 터진 상처와 흔적들
일상의 시간과 추억은
또 그렇게 흘러간다.

시인 하은혜

프로필

대한문학세계 시 부문 등단
(사)창작문학예술인협의회 회원
대한문인협회 정회원
대한문인협회 경기지회 정회원
대한문인협회 금주의 시 선정
시를 꿈꾸다 문학회 운영위원
시를 꿈꾸다 동인지(1~4집) 참여

〈저서〉
시집 "더 그리워지다"

시작노트

겨울로 가는
거리에
저마다의
그리움을 품은 채

살포시 내려앉은
수천
수만의 노란 나비떼들...

그 거리에 선
내 가슴속에

못다 한 그리움들이
아름다운 시어(詩語)로
다시 피어나길 소망한다

- 11월의 거리를 점령한 은행잎을 보며 -

목차

시낭송 QR 코드

제 목 : 겨울 국화
시낭송 : 박영애

시집 〈더 그리워지다〉

겨울 국화 / 하은혜

유난히 겨울이 일찍 찾아왔던 그해
여학교 교정에서
첫서리를 맞고 서 있던 너

흰 서리를 이고도
서늘함을 품고도

마지막 한 줌의 보석 가루를 뿌려 놓은 듯
영롱하던 초겨울 햇살에
외려
더 노랗게 피어나던 너의 미소!

그 추억은
삶을 지탱하는 지렛대가 되었고
선명한 빛깔이 되어 허리를 곧추세운다

오늘도 내 마음은 그 시절을 찾아 나선다
너의 그 미소를 찾아서

침묵 / 하은혜

무슨 많은 말이 필요한가
말을 닫고 있으면
오롯이
가슴속 가득 수많은 꽃이
환히 피어나는 것을

무슨 많은 꽃이 필요한가
꽃을 닫고 있으면
저리도
하늘 속 가득 수많은 열매가
알알이 영글어 가는 것을

무슨 많은 열매가 필요한가
열매를 닫고 있으면
이렇게
가슴속 가득 수많은 밀어가
아름다운 시어 되어 속삭이는 것을...

빅뱅 / 하은혜

앙큼한 우리 집 강아지
'살랑살랑'
꼬리를 흔들며 어딜 가나 했더니
노오란 꽃무리 속으로 숨어든다

가만히 보니
민들레 홀씨 하나, 냉큼 베어 물더니

그 작은 우주를 한입에 꿀꺽 삼켜 버리고는
냅다 달음질치기 시작한다

어느새
순백의 꽃가루들이 '빙그르르' 날아오르고
강아지도 그리 날아오르고
나도 덩달아 날아오르고

아!
민들레는 얼마나 노랗게 피어날 것인지
우주는 얼마나 크게 피어날 것인지
나의 시는 얼마나 아름답게 피어날 것인지...

그 집 / 하은혜

큰 산머리로부터 어둠이 내려와
서서히 그 어둠 속으로 스미는
산 아래의 집

너는 바람결에 나그네 되어
세상으로 떠나갔지만
그 집은 너를 기다리네

언젠가 돌아와 들려줄
너의 이야기를 기다리네

세상이 너에게 귀 기울이지 않을 때
큰 산머리로부터 어둠이 내려와
그 집이 어둠 속으로 스밀 때
너는 그 집으로 돌아가리!

그 집은 오늘도
긴 그리움을 안고
긴 기다림을 안고 그렇게 서 있네

시작 노트 / 북해도의 어느 산골 마을에서

별 / 하은혜

그날 밤 별은 빛나고 있었던가
론* 강가를 따라 걷는다

별은 고흐의 가슴에서
아름답게 빛났으리라

영영 사랑
영영 이별이듯
별은 기별도 없이
강물 속에 부서져 내리며
그의 가슴속에 부서져 내리고
내 가슴속에 부서져 내리고

아픔은 그의 화폭*으로 다시 떠올라
더 아름답게 빛난다

론 강의 물은 무심히 흘러가는데
상념이 발끝에 채이며
나그네의 가슴에 별이 되어 떠오른다

* 론 강 : 프랑스 아를 지방에 흐르는 강
* 화폭 : 별이 빛나는 밤에

집시 여인 / 하은혜

한 줌의 석양빛이 아쉬운 겨울날의 해거름
도심 광장의 한쪽 모퉁이에는
그녀가 살고 있다

색색의 패를 쥐고
스치는 사람들의 운명을 가늠하는 그녀

오늘이 답답하고
내일이 모호한 지친 걸음을 옮겨
잠시 들러볼까?

휴대용 엘이디 불빛에 흔들리는
갸름한 그녀의 옆얼굴을 넌지시 가늠해 본다
그녀는 나와 맞는 인연일까?
어떤 운명의 패를 가지고
'두런두런' 속내를 나눌 수 있을까?

그녀의 곁을 집시처럼 서성이는 나!
날은 어느새 어둑어둑해져 오고

사월 / 하은혜

T. s. eliot의 말처럼 사월은 잔인한 달
겨우내 잠들었던 흙들이 몸살 할 때
살포시 얼굴을 내민 제비꽃 한 송이

그 수줍은 보랏빛에도
나는 흔들리는 사랑의 아픔을
눈물처럼 앓고 있었다

추억의 편린들은
세월의 지층에서 화석이 되어
잊힌 줄 알았는데

어느 날
아무런 기별도 없이 다가온 그대
그를 재회하고도 짐짓 무심한 듯하였지만
터질 듯한 심장을 안고 다시 묻는다

과연 사랑은 존재하였던가?
그것은 관계의 지속성이 아닐까?
추억의 편린에 흔들리는 긴 하루다

비의 탱고 / 하은혜

가슴속에 파문을 던지며
떨어지는 빗물 위로
네온사인의 유혹이 화려하게
파문 져 나간다

그 사이를 오가는 여인들의 발길이
형형색색의 페디큐어로
화려하게 반짝이는데

너는 빗물처럼 울고 있구나
비열한 도시의 사랑 앞에서

도대체 이 비는
언제쯤 그칠 것인지
잔잔한 가슴에 파문이 일 때

빗속에서 일어나
조용히
너의 긴 여정으로 발길을 돌린다
아, 그때 들려 오는 '비의 탱고'여!

나목의 시간 / 하은혜

단풍으로 물들던 화려한 시절을
낮아지는 태양의 고도에 따라
'뚝뚝' 떨구고

쓸쓸한 늦가을 바람에
제 속내를 드러내는 나목

드높아가는
쪽빛 하늘을 배경 삼아

높이 손을 뻗어
지난 삶의 여정을 수묵화로 치는
자기 성찰의 시간...

가슴이 시려와
눈물 어리게
더 아름다워지는 시간이어라!

반지하 방 / 하은혜

다세대 주택이 줄지어 있는
비좁은 골목길에
허름한 저녁비가 부슬부슬 내립니다

달구어진 프라이팬에 빈대떡 부칠 때
퍼지는 기름 소리의 구슬픈 장단처럼

걷다 보니
땅과 아슬아슬하게 마주한 반지하의 창문에
행여 빗물이 흘러 들어갈까 하는
안쓰러운 마음이 발길에 채입니다

그때 작은 불빛이 새어 나오는 반지하 방에서
두런거리는 이야기 사이로
환한 웃음소리가 피어오르고
내 발길도 절로 한시름을 놓고

그 방 창가의 민들레도 노랗게 미소를 짓고
골목길에
즐거운 저녁비가 내리기 시작합니다

시인 한명화

프로필

무용가, 시인, 시낭송가
(사)창작문학예술인협의회 회원
설봉문학 발행인 편집주간
국제설봉예술협회장
국제설봉예술원장
설봉예술단장

〈저서〉
시집 "설봉 아리랑"

시작노트

검은 줄의 운율에 맞춰
춤을 추다
와인 한 잔에 입을 맞추면
돌아가던 줄들이 멈춰버리는
마법에 빠지기도 한다

세월 속에서 찾아낸 해법으로
줄의 빛을 읽어낼 즈음이면
쥐었던 모든 줄을
손 활짝 펴고 놓아버리는
천상에서 내려주신 선물이다

시 〈인연〉 중에서

목차

시낭송 QR 코드

제 목 : 인연
시낭송 : 김락호

시집 〈설봉 아리랑〉

설봉 아리랑 / 한명화

무대의 조명은 켜지고
나는 붉은 치마 흰 저고리를 입고
빨간 장고를 어깨에 메고
휘모리장단에 맞춰 춤을 춘다

이른 봄 왕벚꽃 날리듯
호흡을 길게 들이쉬며 장고와 내가 한 몸인 양
느리게 빠르게 버선발로 사뿐히
춤사위 속으로 휘돌아 감는다

파르르 떨리는 손끝 시선
흩어지는 장고소리
자유로운 춤사위는
구름 위를 걷는다

신명 나는 장고 연주 소리
관객도 어깨춤을 추고
나는 황홀함에 신이 난다

흥과 멋의 장고춤
나는 덩실덩실 오래도록 추고 싶다

덩덩 쿵더쿵
덩따따 쿵더쿵

비 / 한명화

바람 불어 창을 흔드니
후드득 쏟아져 내린다
오랫동안 기다리던 그대를
마주보고
나도 그대 돼서 젖는데
부딪치는 소리 귀 기울이고
비속에 잠기면
걸어온 발자국들이 일어나
되돌아간다

동해의 일출 / 한명화

동해 푸른 바다
집채만 한 파도를 타고 놀다
검은 밤 깊어져 저 큰 바다를
온몸에 품어본다

어쩌다 저 바다는
청순한 얼굴 하나
쑥 밀어 올렸을까

밀려오고 가는
바다의 시간에 흔들리다
부서져 내리는 빛의 환희에
기쁨으로 멈추어 선다

한밤의 대화 / 한명화

어둠 속 어딘가에 그대가 있을 것만 같습니다
검은 골짜기 빛나는 별 중에
푸른빛의 유성 하나 달려옵니다

그대 아직도 울고 있나요
아직도 그렇게 울고만 있나요
내가 그대에게로 갈 수 있는 유일한 길
함께 울고 웃던 기쁨의 언어들이여

그 자리는
그림처럼 그대로인데
마저 하지 못한 말 혼자 기울이고
혼자보다 우리로 있고 싶은 칠흑 같은 밤
등을 돌려 쌓아 둔 이야기들로
활짝 웃고 싶습니다

오늘은 허공에 서러움 풀어내고
밝은 내일이 오면
높은 푸른 하늘에 가슴을
맞대어 보아야겠습니다

눈을 감으면 끝없이 바닥으로
내려갈 것 같은 오늘
함께 완성하던 지도에 점 하나
찍습니다

비가 / 한명화

살 떨리던 격정의 시간을 지나
눈을 감아도 흔들리는 긴 어둠 속

이별의 아픔은 필생의 몸부림으로
미소로 승화된다

수천 번의 날갯짓과 안간힘으로
버티다 떠밀려온 가을
어긋난 인연은
과연 슬픔으로 진화하는가

낙엽들이 격정의 몸짓으로
메마르며 소멸하고 있다
그리움 한 조각 걸려
아프다

설봉촌의 여름 / 한명화

푸른 잎들이 더욱 짙어지는
능선의 여름은
절창이다

운무 휘돌아 숨을 쉬고
푸른 잔디 올망졸망 키재기 한다

문을 열고
풍경을 서재로 들였다

울울창창 펼쳐지는 생각들로
푸른빛의 기억을 차마 놓지 못한다

그리운 어머니 / 한명화

햇살은 하루의 심장을 두드리고
등 굽은 나무들이 마음을 휘저어 가슴 찡한 오후다
엄동의 칼바람 이기고
소나무처럼 오로지 푸른 빛깔로만
독야청청 걸으셨던 어머니 그립다

오늘은 왜 이토록 절절히 가슴이 메는가
팔을 치켜드는 나무 사이로
눈앞은 흐려지고
발걸음은 눈발처럼 흩날리며 흔들린다

말없이 구부린 채 허공을 끌어안고
소나무 등걸에 기대서서
미명을 벗기며 봄꽃 한 송이 피워 올렸던
당신의 기억을 더듬어본다

허공에 보일 듯 말 듯 점 하나 나를 흔들어 깨운다
흐르면 되돌아오지 않는 강물처럼
다시 만날 수 없는 어머니
지나가 버린 세월의 뒷모습이 그립다

오늘 밤은 달빛 소복해지고
마당에 별빛 흥건해지면
우주로 향해
지친 나를 어머니께 한 무더기 쏟아내야겠다

가을 사랑 / 한명화

그대와 가을 언저리 이곳까지
오래 걸었습니다

이른 봄
단비가 속삭이던 날
만개하는 들꽃 사이 가슴은 물들어
선홍빛이었습니다

오래 걸었습니다
여기까지

나는 은밀하게
풍경 속에 있습니다

온산도 들도
그리움을 벗는 지금
앙상한 무릇 어깨 위로
나직나직 말을 건네던
그대 마음만 기억합니다

인연 / 한명화

매일 오고 가는
움직이는 점들이 모여
나로부터 살아있는 선이다

오래가기도 하고
짧게 끊어지기도 하는
수많은 줄이 연결되어 있는
우주의 신비이다

소리 없이 다가온
천사 같은 고운 줄과
달콤하게 다가선 악인들의
화려한 색의 줄까지
엮이고 또 엮여
휘 쉬지 않고 돌아간다

검은 줄의 운율에 맞춰
춤을 추다
와인 한 잔에 입을 맞추면
돌아가던 줄들이 멈춰버리는
마법에 빠지기도 한다

세월 속에서 찾아낸 해법으로
줄의 빛을 읽어낼 즈음이면
쥐었던 모든 줄을
손 활짝 펴고 놓아버리는
천상에서 내려주신 선물이다

겨울왕국 대관령 / 한명화

백두대간의 하늘이 열리고
흰 눈 펑펑 쏟아지던 날
하얀 겨울 속으로 걸었네

선자령 발왕산 황병산 산들로
둘러싸인 분지 평탄면에는
빽빽한 전나무 우뚝 서 있고
소복이 흰 눈 쌓여 펼쳐진 목장의 풍광은
한 폭의 그림이었네

풍력기가 있는
바람의 언덕에서
청정한 공기 순백의 설경에
감탄사로 탄성을 질렀네

우리들은 그 많은 사람들 중에
인연이 되어
깊어진 그림 속으로
어깨를 기대고 걸어 들어갔네

시인 홍진숙

프로필

대한문학세계 시 부문 등단
(사)창작문학예술인협의회 회원
대한문인협회 정무국장
대한문인협회 서울지회 정회원

〈저서〉
시집 천천히 오랫동안
그 외 동인지 다수 참여

시작노트

뽀얀 새살로 돋는
시어의 새싹들을
보듬고 키우다 보면
어느새 한해의 끝에
서 있게 된다
올 한해 품 안에서
돌보았던 시들을
세상으로 내보내게 되어
기쁘다

목차

시낭송 QR 코드

제 목 : 당신을 곁에 두고도
시낭송 : 최명자

시집 〈천천히 오랫동안〉

저녁의 모과나무꽃 / 홍진숙

비가 그친 뒤편
모과나무꽃이 진다
한순간 앞다퉈 피는 붉은 꽃 무리 갇혀
밖으로 나갈 수 없는 분홍 발들을 모으고 서 있던 그늘

놓치고 있었구나
뒤편의 기억이 전부인 짧게 뜨겁고 독하지 못했던 꽃잎들

기진하여 떨어진 이마에 손을 얹는다
어루만져주고 싶은 조용한 눈망울

어디로 가는 걸까
온기가 빠져나간 그늘을 끌고 가는
돌아오지 않을 풍경들은

붙들 수 없는 것
멀어지는 것에 대해 눈길이 머물면
불현듯 내 몸 어딘가 잘려 나간 듯 아픈
어느 저녁 무렵

당신을 곁에 두고도 / 홍진숙

지금까지 변함없다
많은 이야기를 나누고 아무 이야기를 하지 않았다고
듣는 습관에서 다툼으로

가시 돋침과 으르렁거림과
어루만져주는 근심조차 뼛속 깊이 기대어 있는
우리들 영토는 낯설기도 하다가 열심히
삐걱거리다가 다정하지 않은 우리가 되다니

혹은
흔적 없이 잘 부러지는 서로를 만들기도 했지만
우리가 되는 삐걱거림이 긴 생애로 이어지기를 바라며
연민이 잔뜩 묻은 당신 목소리가 내 몸을 통과해
끊임없이 발화되기를 아픔으로 기다린다

언젠가부터 더 빨리 헤어지는 하루를 염려하며
다툼에 대해 용서를 비는 당신과 나

변함없이 우리는 언제나 괜찮아지기를

안부 (부제: 오래된 등대) / 홍진숙

조금 전 우리들은 무사히 잘 도착했어요
자주 머물던 바다는 변함없이 죽었다 살아나며 아득했지만
화르르화르르 달려와 차오르던 불빛
너그럽고 비릿한 바람 어머니 살결 냄새를 떠올리게 했어요
순간 모여든 빛들은 공중에 하얗게 꽃 무더기로 피어
깜박일 때마다 온 사방 푸른 새벽으로 길을 만들어 주었으며

오래도록 발목이 젖고 있는 그 자리

안으로 드리우느라 곧추세운 등뼈는
통증과 적막을 숨긴 평화로운 수평선이어서
까마득히 눈치채지 못한 우리들은
이번에도 그 이전에도 두려움 없이 안도하며 앞으로 나아가고
잘 도착해요

언제나 무사히 도착할거라는
안부와 함께

모든 어둠 모른척하지 않는
변하지 않는 점멸에 대해 묻어두었던 감사의 마음을 전하고
싶어질 때가 있어요
지금이 그래요

저만치 그 남자 / 홍진숙

비 내리던 하루가 저물녘
모델하우스 안
저요. 저요 손 흔드는 쭉쭉 늘어선
키 큰 모형 아파트 숲 사이
그중 한 채를 쉽게 번쩍 들어오려 갖고 가는 사람들로
어질어질한데
닿고 싶었던 집 까마득히 멀어져 버렸는지
저만치 그 남자
조명등 아래 아무런 죄없이 무릅쓴 저 어깨
비에 젖어오는 어둠 같았네
봄 벚꽃 피듯 질주하는 아파트 숲들
그 어디쯤 깃들어 가난의 아내와
까만 눈망울 어린 아들 보름달 같은 방에 앉히는 일
그 숲으로 닿는 길을 내야겠다며 아득히 입 다문 약속을 깨우는
오후가 쓸쓸했네
절망을 어서 건너야겠다는 저만치 그 남자
바라보는 나도 죄인 같았네
한여름인데 이렇게 추울 수 있다니

다만 위로 오르고 있는 / 홍진숙

어디서 왔는지 초록 애벌레 한 마리
빌딩 유리창 모서리 붙어 열심히 오르고 있다
오체투지 자세
온 마디 위로 향해 하늘을 당겨 끌어안으려 하지만
더 깊어지는 하늘을 망설임 없이 통과하며
부드럽지만 단단한 발자국은 생의 절반을 끊임없이
옮기는 궁리를 하고 있다
짧은 순간 궤도를 이탈하거나 후퇴의 오류를 남기지 않는
초록을 다행스럽게 바라보다가
나는
쓸모없다고 생각했던 어느 순간순간들을 반성하고 싶어졌다

처음에는 무엇이 있었을까 / 홍진숙

처음에는 무엇이 있었을까
있었던 게 있었을까
있는 게 무엇인지
아마 검정이었을까
그 생겨남의 부분에 있었을 거야
한평생 처음으로 첫 발자국을 떼며
생겨남을 이어가는 거
시작은 알 수 없지만 시작 직전까지는 검정이었을까
고대 이후의 깨끗함
하얀색
거기에는 아무것도 없었다
모든 것은 시작인 빛으로부터의 흰색이었을 거야

(색채 심리 검정 부분에서 인용함)

가을은 빨랐네 / 홍진숙

지난밤 꿈속에서
나는 무언가를 자꾸 잃어버렸고
자주 뒤척이다가 눈을 뜬 아침이 허전하다
비 가오고
밝고 충만하고 가득했던 꽃들에게 나무들에게
한결같기를 바랬던 것은 나의 욕심이라 느끼고
알아가는 일보다 망각에 더 익숙해지는 일
미처 안아보지 못한 채 사라져가는 서늘한 눈빛들을 배웅한다

무럭 무럭 계절은 자라

내가 지키고 싶었던 것들이
머물지 않고
매일 매일 허물어지고 있다

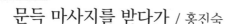

문득 마사지를 받다가 / 홍진숙

혹독하게 보냈던 계절의 끝이다

뒤를 돌아보고 싶은 지금

내 몸에 내가 안녕을 물어보는 시간

서서히 꿈이어도 좋다

꿈처럼 섞이어 외로웠을 어둠 속 혈관들을 어루만져

천천히 부풀어 오르게 하는 그리웠던 자유

온 사방 단절되어 어둠 같았던 것이 허전했던 것이

어찌 혈관뿐이랴

놓아주어야 할 것들을 떠올린다

돌아가야 할 곳으로 사라져버린 완성되지 못한 미완성

내 몸 같았던 것들이 기울고 있다

투명해진 겨울 속으로

복숭아 / 홍진숙

달빛이었을까
간밤 창문을 넘고
돌아가지지 못한 흔적
어둠으로부터 걸어 나온
처음부터 투명한 뺨
허락 없이
충만한 고요의 살갗을 건드려본다
먼 곳
상상의 속살로 걸어 들어가
숨어든 달 궁의 선녀들을 만날 것처럼
한입 베어 무는
밤하늘을 놓친 달빛
순간
불경스러운 생각들이 정화되어 사라진다
푸르게 달콤하게

방울토마토 / 홍진숙

베란다 한 귀퉁이
작은 나무 그림자 그늘
햇살에 걸터앉아 놀던
노랑나비 떼 날아간 자리
어느 날
붉은 초롱불을 켜 놓았다
눈치채지 못하게 햇볕을 자르며
빨강으로 물들이기 위한 박은 발들
수없이 움직였을 바스락거림
헛되지 않은 작은 흔적을 남기고
젖내나는 어린것들 어디로 날아간 걸까

poem art

명인명시 특선시인선
2023

시인 황영칠

프로필

경상북도 청송군 출생
한국교원대학교 대학원 졸업
초등학교 교사 (1970~2011)
녹조근정 훈장 수상
대한문인협회 정회원
대한문학세계 신인문학상
대한문인협회 향토문학 작품상 은상
대한문인협회 2022.10월 4주 금주의 詩 선정

시작노트

엄동설한 모진 추위를 이겨내고 양지바른
바위틈에서 햇볕의 따뜻한 온기로 피어난
한 송이 제비꽃처럼 살아온 인생이다.

봄에는 진달래꽃 화사한 동산에서 꿈을 키
웠고, 억센 소나기와 무더위에 시달리면서
젊은 여름을 꾸며왔고 가을에는 알찬 열매
와 고운 단풍처럼 익혀가는 나의 인생 빛깔
을 시를 쓰는 마음으로 색칠한다.

창가에 비치는 나의 색깔은 무슨 색일까?

목차

1. 바람난 벚꽃
2. 바람이고 싶어라
3. 비 오는 날의 수채화
4. 당신의 접시꽃
5. 사월아 너마저
6. 장대비
7. 아침고요 수목원
8. 아내의 얼굴
9. 구월의 하늘
10. 비의 속삭임

시낭송 QR 코드

제 목 : 아내의 얼굴
시낭송 : 박영애

공저 〈2022년 대한문학세계 봄호〉

현대시를 대표하는 특선시인선_517

바람난 벚꽃 / 황영칠

아이고, 석촌호수 것들뿐만 아니여
양재천에도 여의도에도 진해에도
이것들이 난리가 났당께

처자 가슴 꼬드기는 봄바람 땜시
얌전하던 벚꽃 처자들
봄바람 난 꼬라지들 좀 보소

겨우내 땅속에 틀어박혀
밤낮으로 잠만 퍼질러 자던 것들이
봄바람에 울렁증이 생겨
님 찾아 가출했나 봐

봄바람 총각 놈들이
겨우내 벚나무 가지를
못살게 흔들어 대니
참고 견딜 재주가 있어야제

가슴에 바람 든 벚꽃 년들이
잠자리 날개 같은 분홍색 속곳만 걸친 채로
봄바람 따라 다 나왔네 그려
아이고 남사스럽네

바람난 처자들이
분홍 속치마를 마구 흔들어 대니
봄바람 총각들이 짖고 까불고
난리가 났네 그려

바람이고 싶어라 / 황영철

내가 바람이 되어
그대 이마에 영근 땀 씻어 주고
가녀린 목덜미 고운 선 따라
귀밑머리 올올이 날려 주리

내가 봄바람 되어
흐르는 샛별 빛 한아름 안고
그대 방 창가에서
봄 마중 나가자고 속삭여 주리

내가 바람이라면
동구 밖 돌아서는 임의 옷고름
긴 머리 주름치마 나부끼면서
핑크색 손수건도 흔들어 주리

내가 봄바람이라면
벗꽃 흐드러진 호숫가에서
꽃길 나선 그대 앞길에
눈 벗꽃 한 아름 뿌려 주리.

비 오는 날의 수채화 / 황영칠

나는 비 오는 날이 좋다
댓돌 위에 흰 고무신 두 짝
속삭이게 나란히 벗어 두고

널찍한 마당 캔버스엔
빗방울 컴퍼스로
온종일 원을 그리게 두자

봄비 오는 소리는 정겹다
빗방울 머금은 봄꽃은 손수건이 없어도 좋고
빗방울에 신바람 난 꽃잎들의
춤사위가 더 한층 흥겹다

비 오는 날엔
여닫이 안방 문을
사내 가슴처럼 열어젖히고

선뜻 내어준 내 무릎 베고
빗소리에
곤히 낮잠 든
아내의 귓불이 곱다

비 오는 날은 행복하다
안방엔 비 피할 지붕도 있고
무릎잠 깬 아내가 내어 준
막걸리에 파전이 고맙다.

당신의 접시꽃 / 황영칠

빛바랜 시래기 반찬
껄끄러운 보리 개떡이라도
당신이 드신다면
당신의 접시가 될래요

풍파에 부대끼고
뒹굴다 부딪쳐서
이 빠지고 금이 가도
당신의 접시가 될래요

싫다고 돌아서며
이별주를 드신다면
술안주 가득 담은
당신의 접시가 될래요

접시꽃 곱게 꽂고
토담 길 돌아서던
쓰린 아픔 담아둔
당신의 접시가 될래요

아득히 멀어져간 임의 목소리
희미하게 지워진 사랑의 흔적
미움이 타버린 사랑의 잿더미
소중히 담아둔 접시랍니다.

사월아 너마저 / 황영칠

화사한 벚꽃
얇은 속치마 흔들며
님 떠나는 앞길에
꽃비 뿌리던 날

앞산 저만치 손짓하며 흔들던
그대의 빨간 손수건
불꽃처럼 뜨거운 가슴을
철쭉꽃 사랑으로 불 질러 놓고
사월아 너마저 떠난다면
불타는 이 가슴을
어쩌란 말이냐

이별의 아픔은
더 큰 기쁨의 부활을 위한
마중물이라지만
사랑하는 철쭉일랑 두고 가야지
떠나는 아픔은 또 어떡하라고

마을 어귀 저만치 서
오월의 훈풍에 녹색 치마 흔들며
향기 진한 장미가 유혹하지만
나에게는 상처 난 이별의 아픔이 너무 깊어
장미꽃 사랑은 애써 외면하련다

장대비 / 황영칠

그대 소식 전하는
긴급전보가 왔다고
장대비가 창문을
밤새 두드렸습니다

끝내 못 들은 척
애써 외면하고 말았더니
당신이 쏟아낸 눈물로
온 세상이
눈물바다가 되었습니다

사랑아
창문 열고 소식 차마 묻지 못한 까닭은
그대 마음에 폭풍이 다시 휘몰아칠까
두려웠기 때문입니다

휘영청 밝은 달밤 초가지붕 위 박꽃처럼
환한 얼굴로 하얀 이 드러내고
기뻐하지 못하는 까닭은
내 가슴의 상처가 먹구름이 되어
다시 몰려올까 걱정이기 때문이지요

그대여
당신의 눈물이 마르기도 전에
참지 못한 내 눈물보가 터지면
고이 잠든 당신의 창밖에도
또 한 번
장대비가 쏟아지겠지요

하지만
내 가슴이 너무 아픈 것은
쏟아지는 내 눈물 홍수에
당신의 고운 사랑
영원히 떠내려가 버릴까
그것이 더 두렵습니다.

아침고요 수목원 / 황영칠

무겁게 내려앉은 심산의 암흑이
새벽잠 없는 늙은 산새의 헛기침에
무거운 족쇄 끌고 가파른 고개 넘어 사라진 아침

휘어진 길목 어귀에 얼굴 큰 모란꽃에 밀린
풀 죽은 작약꽃이 남긴 야무진 한 마디
더 붉고 큰 얼굴로 돌아오리라

아침고요 수목원에 짓는 꽃의 미소는
꽃을 품은 당신의 가슴이요
침엽수가 내뿜는 피톤치드는
꽃밭에 잠든 당신의 숨결입니다

이른 아침 찬 이슬 머금은 꽃잎은
사랑에 물든 당신의 입술이요
요염한 입술에서 피어나는 흑장미 향기는
달콤한 당신의 체취입니다

활짝 펼친 수련 잎의 열두 폭 치마는
사랑 품은 당신의 넓은 마음이요
물레방아 쉼 없이 도는 까닭은
당신을 맴도는 나의 심장입니다

폭포수 절경 위에 내려앉은
일곱 빛깔 무지개 꽃길 따라
꽃잎 되어 춤추는 오색나비의 날갯짓은
당신을 향해 흔드는 나의 손수건입니다

아내의 얼굴 / 황영칠

아내가
밥상을 차리면
엄마 얼굴 닮았다

아내가
아픈 머리 짚어 줄 때도
엄마 같다

아내가
상처를 치료해 주면
큰누나 같다

아내와
함께 걸으면
친구 같다

아내가
꽃 미소 지으면
연인 같다

아내와
거친 손 마주 잡고
눈 맞춤 하면
아내 같다

구월의 하늘 / 황영칠

하늘에서 에메랄드 이불을 짓는다
춤추는 코스모스의 미소도 수놓고
새털구름 솜을 한 아름 넣어
시침질하는 섬섬옥수
새색시의 자태가 곱다

에메랄드 이불을 깔아 놓고
매난국죽 삼단 수놓은
주황색 베갯머리에
학 한 쌍이 사랑으로 목을 꼰다

해 질 무렵
서산에 걸린 붉은 해를 수놓은
황금색 이불도 펼쳐 놓고
고개 숙인 수수 이삭 한아름 걷어 다가
베갯속 넣어 만든 긴 베개
머리맡에 가로 놓자

초승달로 등불 켜고
은하수 길어다가
신혼부부 자리끼 머리맡에 나란히 준비하고
방앗간 왕겨 삼태기로 퍼다가
따뜻하게 군불 때고
하늘색 단꿈도 곱게 꾸어보자

비의 속삭임 / 황영칠

댓돌 위 빗방울의 귓속말
그립던 사랑님의 짚신
밤새 적시면 어떠리

창문을 적시는 빗방울의 속삭임
각시방에 흐르는 자장가 되어
늦잠 잔 새 각시 쫓겨나면 어떠리

처마 끝 빗방울의 사랑 이야기
임 마중 나갔다가 흠뻑 젖은 모시 저고리
살빛으로 물들면 어떠리

초가을 나뭇잎에 속삭이는 빗방울
임 찾아 떠나자고 귓속말로 꼬드겨서
하룻밤 사랑으로 빨갛게 물들면 어떠리

비야 내려라
밤새 내려라
속삭임 끝에 임이 오신다면

후원 : (사)창작문학예술인협의회 / 대한문인협회 / 대한시낭가협회

2023 현대시를 대표하는

名人名詩 특선시인선

(사)창작문학예술인협의회가 추천하는 대표시인

지 은 이 : 김락호 외 47인

　　　　강사랑 강순옥 기영석 김국현 김락호 김선목 김수용 김윤수 김정섭 김정윤
　　　　김혜정 김희선 김희영 박기만 박기숙 박영애 백승운 사방천 서석노 서준석
　　　　성경자 손해진 송근주 송용기 송태봉 송향수 염규식 은　별 이동백 이문희
　　　　이의자 이정원 이종숙 임석순 장화순 전경자 전남혁 전병일 정상화 정찬열
　　　　조한직 주응규 최명자 최윤서 하은혜 한명화 홍진숙 황영칠

펴낸곳 : 시사랑음악사랑
엮 은 이 : 김락호
디 자 인 : 이은희
편　　집 : 박영애, 이은희
표지 그림 디자인 : 김락호
2022년 12월 12일 초판 1쇄
2022년 12월 16일 발행

주소 : 대전광역시 중구 목중로 26번길 45, 311호(중촌동, 중도쇼핑)
연락처 : 1899-1341
홈페이지 주소 : www.poemmusic.net
E-Mail : poemarts@hanmail.net

정가 : 22,000원
ISBN : 979-11-6284-415-1　　03800